JN075506

マドンナメイト文庫

人妻プール 濡れた甘熟ボディ

星凜大翔

目次
contents

人妻プール　濡れた甘熟ボディ

第一章　若妻ビキニの甘美な誘惑

1

校舎の廊下には、初夏の生温かい風が吹き抜ける。汗を拭きながら、佐々木寅吉《ささきとらきち》は教頭室に向かっていた。

（話ってなんだろう……）

教頭から相談したいことがある、と言われていた。

寅吉の脳裏《のうり》に雇用問題の疑念がよぎる。正規職員の手続きを経て、教師になったわけではない。採用されて、三カ月目。呼び出されるのは、心地悪かった。

（教師としての自覚が足りない、とか言われるくらいならいいけど……）

これまでの経緯が順風満帆《じゅんぷうまんぱん》でなかっただけに、不吉なことばかり、グルグルとうずまいた。

「はあぁ……」

寅吉は大きなため息をついた。


鉄棒、床、鞍馬《あんば》、跳馬《ちょうば》、平行棒。

オールラウンダーの体操選手として、かつては将来を嘱望《しょくぼう》されていた。寅吉自身、大学卒業後の進路は社会人で選手活動を継続することだった。

その計画が狂ったのは、大学四年生の春。ある大会で、左右の膝十字靭帯《じんたい》を損傷したのだ。肩や背中の負傷を下半身で補《おぎな》おうとするあまり、膝に過度の負担がかかって怪我につながった。

それは、選手生命の終焉《しゅうえん》でもあった。まさか、自分に再起不能の不幸が起こるとは思えず、受け入れるまで時間がかかった。

そんな状況でも寅吉は思考を切り替えていくしかなかった。幼い頃に両親を亡くし、経済的、時間的余裕はなかったからだ。

夏を過ぎた頃から就職活動を始めたものの、ほとんどの大学生が、進路を決めており、企業側も第二新卒や中途採用者の採用に動きだしていた。本当に何でもやるつもりなら、地元密着型の中小企業に就職する選択肢もあった。ただ、具体的に働いている自分をイメージできない職業に就《つ》いても長続きしない気がした。

（結果的に、美緒《みお》さんに拾ってもらったようなものだなあ……）

唯一、残された選択肢は教師になることだった。

文武両道を心がけていた結果として、教員免許を得ていた。

体育大学出身なら、高校教師として、簡単に採用されると思っていた。就職に有利不利かは、出身大学と関係ないような気がしていたからだ。

どこも採用枠が埋まっていると聞かされて、寅吉は途方に暮れてしまった。そんなおり、たまたま声をかけられた。相手は、幼馴染みの義母で、甘蜜《あまみつ》高校の教頭だった。

現在、臨時採用職員の教師として赴任《ふにん》している。

「あら、寅吉くん。お疲れさまです」

聞き慣れた声に顔を上げた。教頭の七瀬《ななせ》美緒が教頭室の前に立っている。

「教頭先生。校舎の中です。下の名前で呼ぶのは勘弁してください」

「いいじゃないの。もう、授業は終わっているのよ。それに誰もいないじゃないの。

あなたは真面目すぎる反面、思考の切り替えができないタイプよね……優秀な教師になれる人材なのに」

美緒は馴れなれしい口調で話しかけてきた。相手は幼馴染みの義母であるが、教師の人事権を握る教頭だ。黙って一礼した。

(やっぱり、頭が上がらないなあ……)

教師の臨時採用枠を校長へかけ合ってくれたのは、美緒である。寅吉にとって、命の恩人のような存在であった。

「フフフ、どうぞ入ってください」

明るく微笑んで、寅吉を部屋へ招き入れてくれた。

スーツ姿の寅吉は応接室のソファに座り、対峙《たいじ》する相手の様子を窺《うかが》った。

美緒は寅吉の表情を見て、小首をかしげた。

「あまり、かたくならないでください。就業状態のヒアリングもしたいけれど、別件でお願いがありまして。でも、まさかねえ……」

流麗《りゅうれい》なロングの黒髪を掻き上げて、美緒は深呼吸した。

「娘の美波《みなみ》のこともあるけど、あなたが教師として赴任することになるなんて……偶然の一致とは思えないのよね」

「そうですね……」

寅吉は同意の返事しかできなかった。同じ年に幼馴染みの美波が、甘蜜高校に入学していた。彼女も寅吉同様、挫折《ざせつ》を味わっていた。

「なかなか、思うとおりにはいかないですね」

「美波も気持ちはいっしょよ。まあ、あの子は、あなたと比べれば楽観的かしらね」

教頭は優しく微笑んだ。清楚《せいそ》で高潔《こうけつ》な雰囲気が漂《ただよ》っている。

(変わっていないな……美緒さん……)

七瀬美緒は幼馴染み、七瀬美波の義母である。知性的な切れ長の瞳、整った鼻梁《びりょう》が、妖しい存在感を放つ。真っ白なブラウスと濃紺のミニスカートは、皺《しわ》ひとつなく、彼女の性格を物語っていた。

「あの子は結婚して落ち着いたように見えるけど、外見ほど上手《うま》くいっていないのよ。いろいろと話しかけてあげてください。母親としてサポートしたいけど、学校では、教頭として振る舞わないといけないし……」

「美波については、わたしも責任を感じています」

視線を落として、寅吉は美波のことを思い出した。

「高校を辞めたあと、少し混乱したときがあって……ごめんなさいね」

「とんでもないです……」

それ以上、昔の記憶を相手から掘り起こすつもりはないため、黙ってしまった。

（俺にも相談してくれなかったな……）

美波は、寅吉の幼馴染みでもあり、親友でもあった。義母の美緒と同様、非常に綺麗な少女である。ただ、美少女にしては、あまりにも早熟すぎたようだ。美貌《びぼう》をイジメの材料にされていたらしい。高校二年生のとき、美波は中退してしまった。寅吉には、最後まで明るく振る舞っていた。

（何もできなかった……）

中退直前、寅吉なりに美波へ話しかけても、彼女は微笑むだけだった。

幼馴染みとしては、助けてあげられなかった思いは強い。だが、義母の美緒は、美波の家に行っても会わせてくれなかった。義母と義娘は、ふたりとも苦しんでいたようだ。

その頃から、強い無気力感を覚えたせいか、寅吉の中で、厄介《やっかい》な性癖が芽吹きだした。ふだんの日常生活を送るには支障がないが、ある条件が揃うと発症するのだ。

それは、眼前の美緒に対しても発症するはずだった。

（女性恐怖症……のはずなのに……）

美波の中退以降、寅吉は異性に対して、まともに話しかけられなくなってしまったのだ。性欲の衰《おとろ》えはなく、むしろ伸び盛《ざか》りになった。

(ただ、コンプレックスがあったからなあ……)

性的にも、異性へ積極的なアプローチができなくなった。男性器が発達して、大きくなりすぎたのだ。病気ではないが、同性にからかわれて、男としての自信を喪失《そうしつ》した。本来ならセックスアピールになる点が、引け目になっていった。

甘蜜高校に赴任してから、美波とは何度も顔を合わせている。教師と生徒の関係もあり、他の生徒もいるため、特に発症はしていない。

(美波は幼馴染みだから、特別なのかもしれないな……じゃあ、美緒さんは……)

呼び出しに心地悪さを覚えたのは、異常性癖に拠《よ》る点が大きかった。

(美緒さんと会話ができるのも不思議な気分……)

ソファに座って、堂々と相手の眼を見て会話ができていた。異性とふたりきりで会話する状況なら、過呼吸になり心拍数が異常に上昇する。

当たり前のことが、非常に新鮮に感じられる。

(綺麗だし、優しいからかな……あとは……)

寅吉は学生時代から美緒に好意を抱《いだ》いていた。

もちろん、実らぬ恋であるとはわかっていた。相手は教師と結婚している人妻だ。小柄なベビーフェイスと、正反対のダイナマイトボディのトータルバランスこそ、美緒の最大の魅力であり、フェロモン満点の色香が漂う理由であった。

おまけに、気性の激しさと心優しい母性本能をあわせ持つ魔性の女性でもある。

（いかん、性を意識するのは……）

牡欲にスイッチが入ると、寅吉は相手のバストやヒップから眼を離せなくなる。

さり気なく美緒は話題を変えた。

「それにしても、いい体格ねえ。今も鍛《きた》えているの？」

「ええ。毎日トレーニングしていましたから……」

「体操選手だったわよね。高校生の頃の大会、テレビで見た記憶があるもの」

「そうですね……あの頃がピークだったかもしれません」

「他の競技に転向する道はなかったのかしら？」

「現役で生き残ろうとする選手の門は、年をとればとるほど、狭くなります。自分の怪我は致命的でした」

「寅吉くん、普通に就職してもよかったでしょ。定時制の高校教師について、ほとんど知らなかったみたいだし……やっていけそうかしらね」

黒ぶち眼鏡を外《はず》して、美緒は机に置いた。

寅吉は平静をよそおいつつ、内心、ドキッとした。

「ある程度の覚悟がなければ、どんな仕事も務《つと》まりません。わたしは、安易《あんい》な妥協《だきょう》で来たわけではないです」

「ふーん。でも、普通高校とは違うから……かなり厳しいわよ。臨時職員で来てもらったのは、半分、就業経験をしてほしかったからなの。雰囲気はつかめたと思うから。今後、正規職員の教師としてバリバリ働いてもらいたいけど……人手不足なのは間違いないから、過酷《かこく》な環境になるわ……」

思い悩んでいるのか、美緒は腕を組んだ。

（わかってはいるつもりだけど……）

美緒が言いたいのは、定時制高校の生徒の話であった。

定時制高校は、寅吉同様、経済的、時間的余裕のない社会人や、一度、退学を余儀なくされた老若男女の集《つど》いし場所。

退学されないように、生徒から心配や悩みを相談しやすい雰囲気をつくってほしい。

そんなところだろう。

臨時職員の体育教師の仕事は、日々のカリキュラムをこなすだけだった。

「体育の授業を担当してもらっているけど、どうかしら……」

「生徒からの不満はなく、特に問題はありません」

「いえ、そういうことではないわ……今後のことはどう考えているのかしら？」

美緒は脚を組みかえた。

「グラウンドで走ることもないし、球技や体操もしていないから。怪我なんてされると、問題にもなるの。メインは、数学や英語、社会……」

美緒は淡々《たんたん》と現実を振り返るよう、説明した。それは、寅吉のやる気を試験するためでも、そぎ落とすためでもないと、すぐに理解できた。

「そうですね……必要なのは、文系、理系の教科ですよね」

素直に同意せざるをえなかった。

「本題に入りましょう。正規職員として採用する前に、体育教師らしい仕事をしてほしいと思って。今までも立派に仕事はしてもらっているけど……もう少し踏み込んでもらいたいってこと。最近、美波が水泳部に入ったの。寅吉くん、水泳部の部活は見たことないわよね？」

「ええ。部活の存在も知らなかったです……」

甘蜜高校の水泳プールは、市民プールとしても使われているらしい。高校の校舎とつながっているからには、何かしらの活動をしていると思ったが、詮索《せんさく》するつもりはなかった。

「寅吉くんは、スポーツ万能よね？」

「まあ、いちおうは……」

「教えるのは問題なさそうね。週に三日から四日、夜に活動しているのよ。今までわたしが顧問として、全体を見ていたの」

「教頭先生が……」

あらためて、教師が不足しているのかと、思い知らされた。

「水泳部の話を出したのはね。実は、美波の面倒を見てほしいの」

「え!?　今までどおりでよろしいのではないでしょうか。わたしが顧問になって何かが改善できればいいですけど……」

自然に寅吉の表情が険《けわ》しくなった。

「美波が水泳部に入った理由はよくわからないのよ。義娘でも、大切な娘には変わりないわ。生徒たちは、義母が教頭と知っているから、変に干渉《かんしょう》できないし。もう、美波には無事に卒業してほしい。だからといって、束縛《そくばく》もしたくない……」

少し顔をそむけて、美緒は視線を落とした。ベビーフェイスな童顔の美貌は、真剣な表情でため息をつくと、儚《はかな》げな妖艶さが漂った。

（水泳部の顧問なら……）

断る理由はなかった。

臨時職員の立場で、多忙な状況ではない。業務量の処理能力や、プライベートの時間を持ちたい、などと言える就業環境でもなかった。

寅吉の憂慮《ゆうりょ》すべき点は、もっと別にある。

（美波の水着姿に耐《た》えられるだろうか……）

美緒とは問題なくコミュニケーションがとれているため、特殊性癖に気づかれていない。彼女がふだん着で登校している状況下、という条件はあった。

（俺には弱点があるからな……）

女性恐怖症だった。

元々、シャイな性格である。他人には明かせないコンプレックスが重なり、女性と対面で会話するだけで、非常に緊張してしまう。

しばらく、寅吉は黙ってしまった。

「あまり気がすすまないかしら？」

「いえ、そういうわけではありません。水泳部が夜間に活動されるなら、監督者は必要でしょうから……」

こちらの心を見透《みす》かされたような気分になり、寅吉は引き受けるしかないと思った。

「安心して。美波の面倒と言っても、事故が起きないように見ていてくれれば、何もすることはないのよ。もし、引き受けてくれるなら、他にも依頼したいことがあるの」

「それは、全然違うことでしょうか？」

厄介なトラブルが絡《から》んでいるのか、寅吉にはわからなかった。

（教頭の本音は、これからだな……）

美波の面倒を引き合いに出して、水泳部の顧問をやらせようと思ったのかもしれない。

ただ、寅吉が前向きな姿勢にならないため、不思議に思ったのだろう。彼女の本心は語られていないようだった。

「あまり風紀的なことは言いたくないけど、気になる生徒が数人いるの」

「態度が悪いということでしょうか？」

「少し違うわね。やる気がある生徒と、無い生徒の温度差が激しいのよ」

美緒はどう説明していいか、困惑《こんわく》気味な表情になる。

（定時制高校では、部活も単位の時間に含めるようになっていたかな）

朝、昼、夜の三部制の時間割は、生徒に授業の内容を伝えるには少なすぎた。卒業までの時間は、普通高校の三年から、四年になっているが、実態として、足りているとは思えなかった。

そこで、甘蜜高校では夜間のクラブ活動を体育の単位取得時間にカウントしている。部活も遊びではなく、授業の位置づけになるのだ。

「ずっと同じ教師が顧問をやっていることも、問題と考えているの。マンネリ化することで、スムーズにいっていたことが、膠着《こうちゃく》しているような気が……」

「承知しました。生徒にやる気を起こしてもらうのは、大変ですからね。わたしがきっかけになればいいのですが……」

寅吉はソファに寄りかかった。会話中、視線を落ち着かせる場所に困っていた。

（美緒さん、俺の視線誘導が目的なのか……）

三十五歳の濃艶《のうえん》なバストとヒップがウネウネとうごめいて、視界に入ってしまう。最後に美緒を見た四年前より、ふくよかさとフェロモンがいっそう増したようだ。懊《おう》悩《のう》な眼差《まなざ》しも、劣情の波を煽《あお》るには十分な色気を発していた。

許諾《きょだく》の返事をすると、美緒は嬉しそうに身を乗り出してきた。

「嬉しいわ。人手不足を解消する第一歩になる。助かるわ」

「そんな大袈裟《おおげさ》な……」

クッキリしたベビーフェイスが近づいて、寅吉はのけ反《ぞ》った。

(ただの水泳部顧問じゃないか……)

甘蜜高校の生徒構成は、九割が男性である。さしずめ、教頭の心配は、美波が男子生徒にちょっかいを受けないかどうか、というところだろう。

彼女がセクハラを受けないように、教頭はかなり気を配《くば》っていたのだろう。寅吉も教頭の気持ちは痛いほど理解できた。

一方、普通高校とは違い、時間稼ぎで単位を取得する生徒も少なからずいる。彼らなりに事情を背負っていることも考慮し、口出しはしないようになっていた。仕事量が増えて、責任感が重くなる内容ではない気がした。

「水泳部の部員の悩みに体当たりで解決してほしいわ」

「いろいろ悩んでいるでしょうからね……わかりました」

この時点で、教頭の依頼を安易に受諾したのが、すべての問題の始まりになると、寅吉はまったく気づいていなかった。

2

大学時代に体操部のキャプテンをしていたこともあり、部員を束《たば》ねることには自信があった。教頭の美緒から、ざっくりした日時と生徒の人数だけを告げられても、疑問は湧かなかった。

七月の二週目、蜩《ひぐらし》が鳴く頃に、寅吉はプールサイドに行った。初日ということで、美緒が同伴《どうはん》してくれた。

「生徒にはザックリあなたのことを話してあります。いくら運動部に所属していた経歴があってもね。キャプテンシーと顧問は違うと思うから……」

多少、言いわけがましいように、美緒は肩をすくめた。

「おっしゃるとおりです。泳ぐのも久しぶりですから……」

トランクスパンツ姿で、周囲を見渡した。

(結構、立派な施設だな……)

屋内施設として、市民に開放されるだけのスケールがあった。二十五メートルのレーンが六つあり、横にはリハビリ兼幼児用のプールまで整備されていた。

「最近改装したのよ……夜の十時までに事務室から、設備管理棟へ連絡してくれればありがたいわね」

「承知しました。なるほど……」

美緒の話から、顧問としての仕事はほとんどないと察した。

「ウフフ、ちょっと聞いてもいいかしら」

「どうしました？　心配な点でもありますか」

「さっきから、眼を合わせてくれないわね……」

何気ない素ぶりで、声色《こわいろ》だけ艶《つや》やかさを帯《お》びる。

「気のせいではないでしょうか……」

ゆっくりと息を深く吸い込んで、寅吉は美緒へ顔を向けた。

（美緒さんの水着姿……色っぽいなあ……）

ここで女性恐怖症が再燃しては元も子もない。できれば、美緒が緩衝材《かんしょうざい》となって、恐怖症が自然消滅することを願っていた。

「寅吉くん、競泳水着は詳しいかしら？　シェイプアップしているつもりだけど、水着が合っていないのかしら……」

どうやら、美緒は水着のサイズを気にしているようだった。

（いや、視線誘導しないでくださいよ……）

Uバックの濃紺のワンピースタイプは、競泳水着としてベタなほうだ。厚い生地でもなく、フィットしている。セミロングの黒髪が肩にかかって、なめらかな曲線から魅惑の膨らみへ続いた。

「いえ、サイズはピッタリですよ。窮屈《きゅうくつ》に感じるのでしょうか」

うっかりバストを凝視《ぎょうし》してしまいそうになり、視線をそらした。

（胸を水着で押さえこんでいるのだろう……）

隠れ巨乳にあるタイプだ。はち切れんばかりの熟房を、ラバー製の生地で圧迫している。ボディラインのバランスはとれているので、無理する必要はなさそうだった。

ベビーフェイスに気を緩《ゆる》めると、妖艶なバストへ視線が引っ張られてしまう。

「そう!? プロが言うなら、大丈夫かな……」

美緒は肩紐を両指で引っ張り、背中を向けた。白いヒップの肌が、むきたてのゆで卵のように、つるりと光った。

（でも、会話できるから、不思議だなぁ……）

本来ならば、緊張で心臓が口から飛び出しそうになって、頭も上手く働かない状態になってもいいくらいだ。

(つき合いが長いせいか……)

幼馴染みの義母ということにくわえて、美緒は寅吉の様子を注視しつつも、口に出さないという配慮《はいりよ》までしてくれる。ささやかな気遣いに、自然と緊張感はなくなり、素直に話せた。

「本当に綺麗ですよね……昔から印象が変わらないです」

つい、不用意な感想が口から漏れてしまった。

だが、美緒は顔色を変えることなく、まったく頓着《とんちやく》しない様子で微笑みを返してくれた。

「ウフフフ、ありがとう。佐々木先生も、可愛らしさが抜けていないから、安心して生徒を任せられるわ……」

「それは、いいことなのでしょうか……」

いつのまにか、呼び方が変わっていた。

(意味がわからないな……)

美緒はたまに理解できないことをいう。愛嬌《あいきよう》があるから、生徒の反発心を懐柔《かいじゆう》できるという意味なのか。

やがて、ゾロゾロと生徒たちがやってきた。昼間と勘違いしそうな明るいプールサイドに集合した連中を見て、寅吉は嫌な予感がした。

生徒は全員、二十歳以上の女性だった。他に生徒がくる気配はない。女性だらけの中で、一人だけ男という状況が、半端ない緊張感を生み出した。

「水泳部の生徒さんを、学校で見かけた記憶がないですね」

「ここは、市民プールなの。だから……」

途中で美緒は黙ってしまった。となりで眺めていると、丸い肩が小刻みに動いていた。両手で顔を覆《おお》ったので、泣いているのかと心配したが、まったく違うようだった。

(笑っているのか……)

たぶん、説明するべき要点がポッカリ抜けていたのだろう。普通なら慌てるところでも、美緒は想定外の反応をする。寅吉にとっては、非常に助けられている性格なので、文句は言えなかった。

「教頭先生、いつまで笑っているのですか！　佐々木先生が困っているじゃない」

たまりかねて、集団の中から、美波が出てきた。

美緒は深呼吸を繰り返して、目元の涙をぬぐった。

「ごめんなさいね。はあ、はあ……市民プールを使わせてもらっている以上、高校の授業だけというのも申しわけなくて。主婦層向けのスイミングクラスを開催しているの。みなさん、今日から顧問になる佐々木先生です。彼は甘蜜高校の体育教師として、今年度から赴任されています」

姿勢を正して、教頭は表情を引き締めた。ピリッとした張りのある声が、生徒たちの緩やかな雰囲気を変える。生徒たちはいっせいに頭を下げて、拍手で迎えてくれた。

「佐々木です。今日からよろしくお願いします」

寅吉も緊張しながら一礼する。

(全員女性とは……待ってくれよ)

正直、今すぐ逃げ出したい気分だった。主婦層ばかりの水泳部とは想像もしていない。ざっくりした人数だけは聞いており、生徒は男性ばかりと思っていた。この時点になるまで、もっと担当する部活内容や部員の詳細を確認しておくべきだった。女性の生徒は、美波一人であり、悪戯《いたずら》されないよう見張り役をおおせつかったとばかり考えていた。

「じゃあ、各自、ストレッチと準備体操が終わったら、泳ぎはじめていただいてけっこうです。ビート板や休憩用マットは、倉庫にありますので。始めてください」

教頭の一声に、生徒たちは目配《めくば》せして準備体操に入った。

(やる気がない生徒は……いるのかな……)

どの生徒も美緒と同じ競泳用のワンピース水着の姿である。ただ、よく見ると例外がいた。普通高校のような規律がないため、服装は自由であり、制服など存在しない。その風紀の影響が水着に表れているようだった。

「この前のことについては……わざわざ説明する必要もないと思っていたの」

教頭は腕を組んだ。

(たぶん、例の生徒だろう……)

ワンピースタイプではない水着姿の生徒が三人いた。そのうち、一人は美緒と寅吉のところにやってきた。別の一人は、準備体操を終えると、幼児用プールに入ってしまった。

「教頭先生、新しい先生が来るとは聞いていましたけど、男性の教師ですか……」

美波といっしょにきた生徒は、寅吉を見て怪訝《けげん》な表情になる。

「いいじゃない……ウフフ、朝比奈成海《あさひななるみ》さん。まあ、篠田真凛《しのだまりん》さんにも言っていますけど、中途半端に時間をつぶすなら、本格的に泳げるようになったほうがいいと思ったの。必要な人材の性別は関係ないわ。そう思いませんか？　佐々木先生」

「ええ。泳ぎ方を間違えたら、怪我にもなります。上手くなれば、楽しい時間になると思います。感覚的なコツをつかむお手伝いになればいいかと……朝比奈さんでしたっけ？　男性教師だと問題でも……」

教頭の意見に賛同しながら、成海と呼ばれた生徒を見る。

「佐々木先生。お察しくだされば、すぐにわかることですよ。口上《こうじょう》の説明だけで、わかることとわからないことがあるはずです……」

成海は戸惑うように視線をそらせた。

（美緒さんと同い年くらいだろうか……）

ショートカットのボーイッシュな雰囲気が漂う。目鼻立ちは整っており、どちらかと言えば、おとなしいタイプに見えた。濃紺の競泳水着ではあるが、フライバックの背中は開放感満点のうえ、スレンダーなラインから、おぞましいくらい白くまぶしい豊麗《ほうれい》なヒップが迫《せ》り出していた。

「佐々木先生。こちらは、朝比奈成海さん。近所のママ友なの。美波といっしょで、高校を中退したけど、もう一度……」

「七瀬さん。紹介ありがとう。佐々木先生、よろしくお願いいたします」

「こちらこそ。少しでも泳げるようでしたら、上達するのは時間の問題だと思います。何か教えてほしいことがあったら、遠慮なく……」

胸の高鳴りを抑えて、寅吉は鷹揚《おうよう》に微笑んだ。

（色っぽい雰囲気で、興奮してしまう……）

そのあと、他愛のない話をしていると、少しずつ成海の表情から警戒心がなくなった。気性が激しい女性のようだ。ただ、考えてみれば成海の言うとおりであった。異性に緊張するのは、自分だけではない。夫を持つ人妻生徒のほうが、はるかに警戒するはずだ。

「わかりましたわ。じゃあ、早速だけど……」

成海の瞳はキラキラと光っている。慇懃《いんぎん》な口調が、すぐに変わりだした。

「先生。他のママさんスイマーと同じペースで泳げるようになりたいわ。泳ぎを見てもらってから、ジックリ指導してくださいね」

「ええ。意欲あふれる姿勢は大歓迎です」

「フフフ、そう？　嬉しいわぁ。教頭先生は、水泳の指導には無頓着だったから、困っていたのよ……手取り足取り具体的にね。佐々木先生も遠慮しなくていいですから……」

寅吉に信用を置きはじめたのか、大胆な態度になった。

「え、ええ……どういう意味でしょうか？」

「ボディタッチよ。故意にお尻を叩くとか、胸を鷲《わし》づかみにしたら、承知しないけど……だって、美波はカナヅチに近いじゃない」

「朝比奈さん。あまり過激なことは言わないでください」

教頭は咳払いして、成海を甘く睨《にら》んだ。

寅吉は驚いてしまった。

（どちらかと言えば、スポーツ万能の印象だけど……）

美波は動揺したように黒髪を揺らせる。アップにしたロングヘアが肩にかかり、きめの細かい肌が潤《うるお》いに白くきらめいた。水色と白のストライプのビキニは、スレンダーで魅惑的なバストとヒップを、惜しげもなくさらけ出す。

（美波はプロポーションがいいからなあ……）

バランスのとれた身体だからこそ、泳げないことに対する衝撃が大きかったのだろう。

妖しい微笑みを浮かべて、成海が顔を寅吉に近づけてくる。興味津々《しんしん》な表情で、ゆっくりとした口調で話しかけてきた。

「ずいぶん初々《ういうい》しい先生に見えるのよね……」

「ちょっと、朝比奈さん……佐々木先生は新任よ。当然じゃない。からかう真似はやめてください」

たまりかねて、教頭は二人の間に入った。

おどけた様子で成海は笑った。

「わかっています。あらためて、今日からお願いします」

「こちらこそ……」

ドギマギしながら、寅吉は視線をさまよわせる。

（やっぱり、女性は違うな……）

体操部の頃とは、まったく環境が違うと思い知った。男子部員と女子部員は場所もチームも活動範囲が物理的に分けられていたからだ。

「じゃあ、佐々木先生。今日から、よろしく」

教頭は幼児用プールを見た。

四人のやりとりを、篠田真凛がにこやかに見つめていた。

（やっていけるかな……）

今日は幸いにして、教頭が同伴してくれている。だが、幼馴染みの美波も含めて、女性恐怖症と性的コンプレックスなど、生徒は知らないのだ。

ただの監督役だけでなく、実技指導まで入ってしまった。臨時職員から正規職員への採用ステップととらえれば、当たり前のことではあった。

「ほら、先生に泳ぎを見てもらうんでしょ？」

教頭に促《うなが》されて、美波と成海は準備体操を開始する。

「寅吉くん。彼女たちをお願いね……」

教頭はため息交《ま》じりに言い残して、プールサイドをあとにした。

「ふうう……やれやれ」

寅吉は腕を組んで深呼吸した。


事件は翌日に起きた。

水泳部の活動は、週三日と聞いていた。活動時間は十八時から二十時で、管理棟への連絡は二十二時までにしておけば問題はないらしい。美緒からはアバウトな説明が多かったため、部員の気分で活動内容が変わるのだろうとすら想定していた。

この日、寅吉はかなり早めにプールへ来ていた。

(少し泳いでみないと……わからない)

体育教師とはいえ、大学時代、水泳選手として活躍したわけではなかった。プールに浸《つ》かり、水の感触を確かめるように、手と身体を動かしてみる。しばらく水に身体を馴染ませる時間が必要だった。水中に慣れたと自信を得て、男子更衣室に戻ろうとしたときである。

（あれ、人の気配が……）

　寅吉は周囲の環境に、敏感な体質だった。女性恐怖症になってから、特に異性の存在感には、特別な能力を付与《ふよ》されたがごとく、反応するようになっていた。

　無人の状況下で、わずかな空気の流れも感じとれる。

（気のせいではないな。誰か……更衣室に……）

　プールサイドに上がった時点で、微かな匂いが鼻腔《びくう》を刺激した。柑橘《かんきつ》系の香りである。無論、プールや更衣室に芳香剤など置いていない。香水かシャンプーのどちらかと推測した。更衣室に近づいて、寅吉は首をひねった。

　どうやら、事前に更衣室周辺を回って、誰もいないことを確認したようだ。その不自然さが寅吉には気になった。

（早く来てはいけないと言っていないからな……）

　時計を見ると、十六時を回った頃だった。

　水泳の授業はない。諸事情のため、不特定多数の市民に対するプールの開放については、厳しい制限がかけられていた。誰も入れないはずであった。

「そっと戻るか……」

ポツリと寅吉はつぶやいた。

この時間に来るのは、水泳部の生徒しかいない。生徒ならば、間違いなく女性である。更衣室周辺で鉢合わせになりたくなかった。

足音を立てないで、恐るおそる更衣室に近づいた。さらに気になる状況と遭遇した。

(女子更衣室のドアが開いている⁉)

基本的に、更衣室の管理は寅吉の所掌《しょしょう》外である。管理棟の人間が締め忘れたのか、女子更衣室の出口ドアの鍵が開いていた。

寅吉の足がピタリと停止する。

(誰かいるな……)

部屋とドアの間に隙間があった。その奥から女性の気配が伝わってくる。

(何を考えている、俺は……)

覗き、という邪念が脳裏に芽生えた瞬間、即時に消し去る。だが、一度芽生えた煩《ぼん》悩《のう》は、簡単に吹き飛んでくれない。いくら消しても、嘲笑《あざわら》うように脳内へ戻ってきた。

「寅吉くん……」

ドキッと立ちすくんだ。若さあふれる声の持ち主は、七瀬美波だ。

(独り言か……)

幻聴も疑ったが、確認するには女子更衣室を覗くしかない。ふと、先日の美波のビキニ姿が脳裏に浮かんだ。

（うう、少しだけなら……）

忍び足で廊下を歩くと、よけい悪いことをしている気分になった。だが、本能には抗《あらが》えない。すぐに移動すればいい、と自己を納得させて、そっと更衣室のドアに近寄った。

（やっぱり、美波だ……）

中学生の頃まで親友のようにつき合っていた幼馴染み。彼女に対する罪悪感と無力感が女性への畏怖《いふ》につながった。ただ、もしかしたら、彼女が特殊性癖を治すきっかけになるかもしれないとも思った。不思議なことに、美波とは自然に話せたからだ。美緒に次いで、違和感なく話せる異性のせいか、覗きに対する罪悪感は薄れていった。

ドア越しにワンピース姿の美波が見えた。

（相変わらず可愛いし、綺麗だな……）

童顔ながら、彫りが深い。絶妙にバランスのとれた美貌は、上品さも漂っている。イジメに遭う理由が、今でも理解できなかった。

「先生になっても変わっていないなかったな……」

彼女の独り言は続いていた。

寅吉は更衣室に美波がいると確認してからも、ドアから離れられなかった。美波は水色のワンピース姿で黒髪を振る。柑橘系の甘い匂いが空気にのってやってきた。

(生々しい匂いだ……)

ただのシャンプーの香りだけではない。二十二歳の人妻が持つ体臭が宿っている。そこには、美波しか持ちえない汗の匂いも含まれていた。

「指輪はしていなかったから、結婚はしていないのかな……」

独り言をつぶやきながら、美波はショルダーバッグを置くと、ロッカーを開けた。腰の留め具を外して、肩にかかる紐に指を掛けた。ゆっくりと外に引っ張ると、スローモーションでワンピースの布地が床へ落ちていく。

(バストアップしたな……)

ボリューム感あふれる乳房に、ワンピースの布地が引っ掛かった。スレンダーな肩口から、たわわな胸の実りへ急峻《きゅうしゅん》なボディラインが描かれる。

「ふう、はああっ……」

美波は身体を揺すった。ファサッと布地が落ちて、芸術的な肢体に遭遇する。ブラジャーとショーツを手際よく脱ぎさる。S字に括《くび》れたウエストから張り出すヒップは、無駄な贅肉がないものの、人妻らしく、脂がのりかかっていた。

（息が乱れて……興奮しているようだな）

どこか、幼馴染みの様子に違和感があった。

甘蜜高校は定時制のため、制服など存在しない。仮にあったとしても、部活ならば、アンダーをビキニ姿にするほうが、着替えの手間は省《はぶ》ける。

「まだ、誰も来ないわよね……」

裸のまま、美波は更衣室のベンチに腰かけた。右半身しか見えていなかった幼馴染みの素肌が、クルリと寅吉のほうに向いた。彼女の意図を察しかねる。

（何をするつもりだ……）

しゃがんだ姿勢で覗きを続けるべきか、判断できなくなっていた。そもそも覗きが痴漢行為とわかっている。美波とは三メートルも離れておらず、視線が合えばすべては露見《ろけん》し一巻の終わりになる。

二十二歳の人妻の裸体に、寅吉は釘づけだった。

「ふうう、んん、はっ……」

長椅子タイプのベンチに座り、美波はおずおずと股を開いた。紅《あか》い西日にみずみずしい柔肌がきらめいた。やがて、左手で乳房をすくい上げる。

「ああ、寅吉くん……ああ……」

切なそうに顔を上げて、右手を腹部の下に這《は》わせていった。

(これは……自慰じゃないか……)

寅吉は唖然《あぜん》としてしまった。

もちろん、異性がオナニーをする姿など、見たことはなかった。教師になるまで、禁欲生活を貫いたこともあり、刺激的な姿に理性は一気に弾《はじ》けかける。

どうやら、密戯に耽《ふけ》るためにやってきたらしい。

(オカズは俺になっているのか……)

興奮しながらも喜んでいいのかわからず、複雑な気分になった。

性的欲求の芽生えた時期は、高校を卒業する頃だ。すでに、七瀬家とは縁が遠くなっており、体育大学の男子寮で過ごすなか、マスターベーションの対象は美緒か美波だった。

(しかし、今は人妻だからな……)

更衣室の様子から、セックスレスというのは容易《ようい》に想像がついた。ただ、自慰行為の対象が夫ではなく、自分になった理由はわからない。彼女は人妻であると何度も己《おのれ》の心に言い聞かせる。

どんなことがあっても、別の男に捧げた貞操を奪う気はなかった。

「ああ、寅吉くんの……大きい……」

何とか離脱しようとする心が引き戻された。

(美波、俺の性器のサイズを知っているのか……)

ふたたびドアの隙間から覗くと、美波の淫らな痴態に衝撃を受けた。

「そう、いいのぉ……寅吉くん、んっっ、来てっ、んっ、あ、あうっ……」

ほっそりした右手が、膣陰のワレメに置かれている。綺麗に切り揃えられた黒い茂みから、可憐《かれん》な花弁を左右に開いている。

(あれがオマ×コか……)

呼吸を忘れて見入ってしまう。貫禄《かんろく》のある熟弁が、色香を匂わせる。人妻を思わせるアーモンドピンクの鶏冠《とさか》は、貞操を守るようピッタリと閉じていた。

童顔の美女の股間には、大人びた肉の扉がうねっていた。美波は、小鼻をヒクつかせ、右手の中指をぬかるみに突っ込んだ。

刹那《せつな》、ぽってりした唇が開いて、甘いいななきが漏れる。

「ふあっ、ああんっっ……んっ、もっとぉ、もっと奥まで……ああんっ、そう。乳首も吸ってぇ。甘嚙みもお願いぃ……い、いんっっ」

張り艶のある双球が、フルフルと不規則に跳ねた。

(なんていやらしい顔を……)

美波が官能に溺《おぼ》れる表情は、寅吉の牡根を疼《うず》かせるには十分すぎた。彫りの深い端麗な小顔がゆがむと、妖しげなフェロモンを濃厚に発散してくる。

夕日に媚裂のうるみがキラキラと反射する。

「はう、うっっ、もっとぉ、寅ちゃん、もっと、強く乳房をつかんで!」

女欲が増幅《ぞうふく》して、美波の甘い声が大きくなった。

(うう、ヤバい……俺のチ×ポも……)

トランクスを見下ろすと、布地のスリットから巨根が飛び出していた。しかも、無意識に右手まで添えている。

「はあぁ、あぁ、はっっ、んっっ、んあっ、あっ、美波……イクッ……」

ギュッと左房に指を食い込ませて、美波のスレンダーな裸体は大きく爆《は》ぜた。ムチッとした美乳の先端は見苦しいほどに勃《た》っている。動く指の間から柔らかい生乳の肉がはみ出していた。そのときだった。美波の濡れた眼が寅吉の顔を射抜《いぬ》いてきた。

「はっ、はあぁ、寅吉くん……ふうっ、フフ、美波のオナニー……見ていたのね」

「いや、あの……つい、変な声につられて……」

しどろもどろに返事をする。

「フフッ……最初から見ていたのでしょ？」

美波は上気した恍惚《こうこつ》の表情で尋《たず》ねてくる。

コクリと首を縦に振った。

（どういうことだ……）

覗きがバレてしまった。心臓が高鳴り、喉がカラカラに乾く。気だるそうに総身を痙攣《けいれん》させる美波の眼は、ジッと寅吉の顔を見つめたままだった。

「はあぁ、はぁ、はあ、あんっ……視姦という言葉、寅吉くん知っているかしら？」

「いや、聞いたことがないな……」

ふだんと変わらない調子で尋ねられ、寅吉は素直に答えてしまった。

（ああ、すべてが終わった……）

いくら幼馴染みでも許されないことはある。互いに成人しており、美波は人妻の立場だ。誘惑されたなどという開き直りも通用しない。

「どうして遠慮するのよ……もっと近くで見ていいわよ」

美波の黒眼の大きな瞳に吸い寄せられる。素直に観念して、女子更衣室へ入った。

美波はまばゆく光る裸体を揺らせた。

「視姦というのはね……いやらしい視線で、舐めるように胸やお尻を粘っこく見つめつづけること。女性は男性の視線に敏感なの。穴が開くくらい、寅吉くんの視線が強かったから」

「気づいていたの？」

「すぐにわかったわ。トラウマになっているもの。高校を中退した理由知らないのかしら？　視姦だったから……でも、寅ちゃんは別よ」

パッチリした眼を細めて、美波はベンチに座るよう言った。

「わかったから、服を着てくれ。心の傷に塩を塗り込んでしまった責任はとる。本当に悪かったな、ごめんなさい」

「ウフフフ……そんな格好で謝られても困っちゃうわ。飛び出したモノをしまってほしいわ」

そのとき、寅吉はペニスの露出に気づいた。

（ああ、罪の上塗りを……）

覗きがバレた新任教師、人妻生徒に下半身露出で迫《せま》る。

三面記事のタイトルが、頭の中をグルグルとうずまいた。

「オドオドしてどうしたのよ。そんなに美波の身体は、魅力がないかしら。まあ、オチ×チンがカチカチになっているから、自信は持っていいのかな……」

いつになく、幼馴染みは堂々としていた。

（こんな感じだったかな……）

不思議だった。女性恐怖症のめまいや吐き気もない。本来なら、パニック状態になってもおかしくない状況である。もちろん、胸の高鳴りと湧き上がる劣情は、寅吉の体内で暴れまわっていた。

「オチ×チンに導《みちび》かれて、仕方なく覗いてしまったのなら、責められないかな」

「馬鹿なことをいうなよ。着替えを覗いたのは事実だ。本当に悪いことをして、申しわけなかった。教頭先生に合わせる顔がないな……」

ギュッと眼をつぶり、頭を下げた。

「いきなり頭を下げられても、しょうがないわ。そうねえ……わたしのお願いを聞いてもらおうかしら……」

顔を上げると、美波の眼に妖艶な光がともった。

次の瞬間、寅吉の身体はベンチに仰向《あおむ》けに寝かされていた。両足はベンチを跨《また》いで、床に伸ばす格好だった。

「何を……う、くおおっ……」

懊悩に充ち満ちたうめきを吠《ほ》えて、寅吉は股間を見た。

（美波！　な、何をしている……）

信じられない光景に、寅吉は眼を瞬《またた》かせた。

「美波が先生のオチ×チンをなぐさめてあげる。ウフ、先生、嬉しいでしょ？」

悪戯っぽい微笑みを浮かべて、美波は顔を近づけてきた。

（本気なのか……）

大胆すぎる人妻生徒の態度に、寅吉は圧倒された。目元を紅くして、美波の手がソロソロと太ももを触ってきた。

「初々しい反応は、エッチのときも変わらないわね。大きなオチ×チンはずいぶんと垢ぬけているけど……」

「ほっとけ!?　変な真似はやめろ」

何をされるのか想像がつかなかった。寅吉は鍛え抜いた身体に汗をしぶかせる。だが、美波の生々しい裸体を間近にして、肉棒は漲《みなぎ》りを強めるばかりであった。

「ウフフフ、先生の身体は筋肉の塊《かたまり》みたいね。はあぁ……でも、こちらには何が詰まっているのかしらぁ……大きくて、すぐに爆発しそう……ふううっ、熱いわぁ……」

しなやかに美波の右手が、寅吉の睾丸から裏竿を撫で上げてくる。

（くお、股間が爆発しそうだ……）

破滅的な快楽が弾けて、つい、腰をくねらせた。冷たい指先がサッと伝うだけで、腰の抜けるような灼熱《しゃくねつ》の感覚に襲われた。

「気持ちいいでしょう？　オチ×チンも肩意地を張っているみたい。そんなに硬くならないでほしいわ。少し緊張をほぐしてあげる……」

「これが美波のお願いなのか……」

寅吉は困惑する。

「そうよぉ……お願い……先生のオチ×チンを借りたいの……」

不敵な微笑みを浮かべて、美波はペニスを優しく撫でてきた。

3

ペニスを撫でながら、美波は高校入学までの経緯を話しはじめた。

幼馴染みの話によると、男子生徒や教師の視線に嫌気がさして、高校を中退したらしい。義母の美緒の計らいで、中退したのち、会社員と結婚する。性経験を重ねれば、男性の視線を意に介さないようになるだろう、という狙いがあった。

「トラウマを克服できた自信はあったのよ。だから、定時制高校に通学して、確認したかったわ。でも、やっぱり、違っていたと気づいたの」

美波はベンチに跨いで座り、股間に上体を沈ませてきた。吹きかけられた息に、肉柱は反応していた。腕を寄せると、乳房のサイズは大きくなり、深い谷間の線が浮かぶ。

しんみりした口調が鼓膜を震わせた。美波の右手が、ゆっくり飴色の剛直を愛撫する。今まで味わったことのない甘美な電気が股間に流れた。

「簡単にトラウマは治らなかったということかな?」

「違うわ」

ピシャリと言った。

「本当のトラウマは先生にあったのよ。寅ちゃんのことが本気で好きだった。でも、あの頃は体操に恋していたから。わたしは眼中になかった。だから、寅ちゃん、わたしを抱いてください……お願い……」

「そうだったのか……本当のトラウマは俺に……でも、美波は結婚している身じゃないか」

「ウフフフ、上手くいかないものね」

ベンチに座る美波の白い乳房から、ポタポタと汗がしたたる。柑橘系の匂いに、生々しい人妻の体臭が混ざった。

寅吉は興奮に牡血が沸き立ち、海綿体を膨らませる。

「はあ、熱くて逞《たくま》しい……うう……」

美波はルージュに濡れた唇から、恍惚の息を漏らす。吐息が肉樹にかかると、ゾクゾクと背筋から脳髄《のうずい》に刺激が這いまわった。

「ウットリした表情を見ると、安心するわ」

「気のせいだよ。俺はなんにも感じていない」

息が乱れないよう、呼吸を整えるしかなかった。

(とにかく、ここは我慢しなければ……)

寅吉は混乱と後悔の念にさいなまれていた。美波のトラウマが、自分への恋慕《れんぼ》の情にあると告白されて、うっかり相手の思惑にのってしまった。両手、両足はベンチを跨いで手錠で拘束《こうそく》されている。

チラッと美波は壁にある時計を見た。

「あと三十分くらい耐えれば、何もなかったことにしてあげるわ」

秒針の音が非常に速く、とても遅いものに聞こえた。

負い目を感じていた寅吉に、美波はある提案をささやいた。十七時になれば、水泳部の生徒が、次々と更衣室へやってくる。その時間までに、フェラチオされて射精しなければ、すべて水に流す。

もし、できなければ、次の機会に呼び出すというものだ。

「我慢と忍耐だけは、身につけてきたつもりだ。簡単に煩悩には屈《くっ》しない。教師としてのプライドもあるからな」

「ああ、そうなの……頑張ってね」

アッサリと受け流されてしまい、奥歯を噛みしめた。

美波はリラックスした様子で、上体を起こした。大きく背伸びをすると、夏蜜柑ほどの乳房が重たげに揺れる。両手で髪の毛を掻き上げて、左右に振った。ロングヘアから、濃艶なシャンプーの匂いが身体を包む。

元々の頓着しない性格は知り抜いているものの、メリハリのある裸体の丸みや柔らかさは、寅吉にとって異次元の世界であった。

「じゃあ、始めましょうか……先生」

「う、うん。お手柔らかに頼む……」

緊張した面持《おもも》ちで頷《うなず》くと、美波はプッと吹き出した。

「クスクス……相変わらず生真面目《きまじめ》すぎるわ」

クリッとした眼から、柔和《にゅうわ》な笑みが感じられる。

(大人っぽく見えるな……)

高校生の頃の美波は、どちらかと言えば、一本気な性格だった。対面で相手の呼吸を読むような奥ゆかしい点はなかった。夫と過ごしたなかで身につけたのかもしれない、と想像すると、嫉妬《しっと》の感情が胸をかすめる。

「はう、ううっ……」

ガチャガチャと手錠が軋《きし》む。

「ウフフ、敏感ね……まだ、何もしていないわ」

余裕たっぷりの表情で、美波は頬を弛《たゆ》ませる。

(触られたような気が……)

「ピクピクしているわ……先走りの汁は出ていないのね」

「つべこべ言わないでくれ」

「楽しみましょう、先生……」

片方の手が精嚢袋を撫でてきた。コロコロと二個の睾丸を手のひらで転がされて、寅吉の脳内で真っ赤な火花が散る。

「ほおお、うう……」

「力を抜いて……すべて我慢しようとすると、へとへとになってしまうわ」

「んぐっ、はあ、ひゃあ……ふうう……」

処女のような声で叫んでしまい、寅吉は顔を赤らめる。

(何もかも快楽になる……ダメだ……)

赤黒い肉傘へ白い指がかかると、股間が弾け飛ぶような衝撃に襲われて、上下左右へ尻をバウンドさせた。親指と人差し指で結束されたリングは、亀頭冠に引っついて離れない。

「落ち着いて、手で愛撫されるのは、初めてじゃないでしょ？」

「ぐううっ……ふうう、はああっ……」

寅吉は嗚咽《おえつ》を漏らすだけで、何も答えなかった。

「そう、未経験なのねぇ……気持ちよさそうな顔を見ると、わたしも嬉しくなるの」

指先が亀頭をサラッと撫でてきた。淫らな刺激が怒張にへばりつく。

(美波の指で握られて……)

自分の手で竿をつかむときと、比較にならない心地よさが広がる。高圧電流の淫らな刺激が股間全体を爛《ただ》れさせた。美波の指は関節まで柔らかく、キュッ、キュッ、と微妙な力加減で締め上げてくる。

あわれなくらい狼狽《ろうばい》する寅吉の反応を確認して、美波はささやいた。

「童貞先生なのね。とっくに卒業できたと思ったけど……」

「うるさいな！　放って置いてくれ」

大きな声を出してしまった。

(図星と自白しているな……)

「逞しい外見で立派なオチ×チンなのに、もったいないわ……チェリーボーイなんて」

童貞は、いつかわかってしまう揺るぎない事実である。美波の昂《たかぶ》りも興《きょう》ざめしたことだろう。寅吉は眼を閉じて、相手の性戯が引くのを待った。だが、指先の感触は残ったままである。

(このままでは出てしまう……)

八つに割れた腹筋に汗を浮かべて、射精欲を意識しないようにする。荒ぶる波が穏やかになる頃、美波の指先が亀頭に触れてきた。人差し指で肉傘の縁《ふち》をなぞられるだけで、劣情の波頭《なみがしら》はあっというまに高くなった。

「黙ってしまったわね……気持ち悪いの？」

美波は冷静に尋ねてきた。

「そんなはずないだろ!?　ううっ、やめてくれ……」

眼を開けると、美波の黒目の大きな瞳とかち合う。

「あら、何かがこぼれてきたわ……」

嬉しそうに右手の親指が、竿の裏筋をなぞった。寅吉は股間をバウンドさせる。魔法にかけられたように、肉棒の黒い尿道口から、ネットリとした白濁液があふれて鈴口を濡らす。

（あっというまに……）

まだ、美波は顔を近づけて、性器を右手でつかんだだけである。時間も大して経過していないうちに、精液の先走りを出してしまった。

「ウフフ、濃厚な匂い……ドロドロと粘り気も強いわ。ドクドクと先生の脈動が伝わってくる……指を弾きそうなくらい激しぃ……」

前かがみの姿勢で、美波はジッとペニスの状態を監視していた。

異性に性器を長時間見せた経験はない。情けなさと恥ずかしさで、頭の中は真っ白になっていた。だが、爛れた快感に理性は蝕《むしば》まれていく。

（本当に出そうだ……）

　全身が性器になったようだ。ジンジンと怒張は熱を孕《はら》んで疼いていく。このまま放置した状態でも、握られていれば噴火するのは間違いない。肉欲が美波の指の動きを上回る。次第に焦《じ》らされている気分へ変わっていく。

「先生の気持ちよさそうな顔を見ていると、制限時間まで、ずっと引き伸ばしたくなってしまうの……ウフフフ、いじり甲斐のあるオチ×チンだわ」

「んおっ、うう、頼む……これ以上は……」

　息を乱して、寅吉は声を振り絞る。

　美波は妖艶に微笑んだ。キュウッと肉柱を右手で強く握ってくる。それから、ゆっくりと指を離していった。

「そうね……じゃあ、先生の希望を叶えてあげるわ。でも、次は美波の頼みを聞いてもらうからね……いいでしょ」

「わかっている。俺はお前の先生だからな」

　安心感に、ホッと胸を撫で下ろす。

（なんとか鎮《しず》められるだろう……）

　臨界点スレスレの興奮度ながら、かろうじて理性を保てていた。甘ったるい女体の匂いが煩悩を燃やしつづけるが、時間をかければ鎮静《ちんせい》させられる。

だが、美波の左手は精嚢袋をマッサージしていた。

(とてつもなく嫌な予感がするな……)

残念ながら、美波は寅吉の意図を汲《く》みとってはくれなかった。

「先生はフェラチオって、知っているのかしら？」

「言葉だけなら……」

「やっぱりねぇ……美波の特技なのよ」

ペロリと唇を舐めた。ルージュにきらめく口から、熱い息が吐きだされると、ピクピクと肉棒が揺れる。

「おい、もう終わりにしてくれるはずだろ……」

「そうよ。先生の精液をたくさん搾り出して、わたしがゴックンしてあげたらね。ありがたく思いなさいよ……ウフッ……この口で、オチ×チンを可愛がるのよ」

とっさに寅吉の身体が動く。手錠が手首に食い込み、金属音で軋む。

「ちょっと待て……」

「気持ちいいなら、素直になりなさい。往生際が悪いわ」

美波は前かがみの姿勢で身を乗り出してくる。

（エロすぎる……）

ハッキリした顔立ちの向こうに、揺らめく豊乳が見えた。汗に息づく肌がまぶしく感じられた。これ以上はやめてくれ、という意味ではなく、焦らさないでくれ、と解《かい》釈《しゃく》されてしまったようだ。誤解をとかなくては、と口を開く。一瞬、美波の甘い体臭と黒髪の匂いが強くなった。

（性器に顔を近づけて……何を……）

寅吉の初心《うぶ》な知識では、ライトキスとセックス以外の淫戯は皆無だった。かろうじて、手で性器をさする程度なら、ありえるだろうと考えていた。

「ふうむ、チュッ、チュウッ……レロレロ……チュ、チュウウ……」

大きな黒目をそらさないで、美波は禍々《まがまが》しく血膨れた亀頭に接吻した。ありえない光景に、興奮と快楽が分泌《ぶんぴつ》され、脳内が一気に焼かれる。

「んおお……あうう……」

身体を弓なりに反らせて、寅吉はうめき声をあげた。

（キスを……）

ぽってりした唇の柔らかさをハッキリと感じる。みずみずしい感触に、鈴口から先走り汁があふれ出す。

次に、ピンク色の舌がネロネロと裏筋を舐め上げてきた。こぼれる精液を噴火口まで戻す。生温かさと共に、抜群の刺激が肉棒に走り抜ける。

最後に、ゆっくりと唇輪を亀頭の先端につけてから、一気に吸い上げてきた。鋭くも甘美な稲妻が、性器から全身へほとばしった。

「ウフフフ、敏感すぎぃ……先生……大丈夫？」

淫らな口愛撫を終えて、美波は心配そうに声をかけてきた。

（卑猥すぎる……）

幼馴染みは信じられないほど、成熟した性戯を身につけている。

股間と脳髄を熱く痺《しび》れさせて、寅吉は美波を見た。白い二の腕が太ももにあたり、とろけるような柔らかさに鳥肌をたてる。

「はあっ、はうっ、ふうっ、もう、十分だろ……」

「ダメよ。次のお漏らしが出ているもの……レロレロ、んふうっ、はあぁ……」

悪戯っぽく微笑む美波の顔が、視界から外れた。

「あお、おうっ……」

生々しい温もりのある舌が、亀頭の窪みに刺さってくる。寅吉は雄叫《おたけ》びをあげることしかできなかった。美波の濡れたような黒髪が股のつけ根にかかる。優しい感触が広がり、股間をふたたび見下ろした。

(うお、美波が……俺のチ×ポを……)

幼馴染みの殻が破けて、指おりの美女として眺めてしまう。美波は黒光りする怒張を右手でゆっくりつかみなおし、裏筋からペロリ、ペロリと猫舐めを繰り返してきた。

「だらしないわねえ。精子のお漏らしがとまらないじゃない。チュッ、チュウウッ……ふうう、濃ゆい……もう少し楽しみたいけど……終わらせるわ」

満面の笑みを向けられて、気まずそうに寅吉は顔を横に向けた。

(あの清純な美少女だった美波が……)

類《たぐい》まれな美貌とプロポーション、バランスのとれたバストとヒップのふくよかさが、印象的な女性である。もし、性の目覚めが二、三年早ければ、恋人関係になれたのかもしれない。

「んふ、熱い迫り上がりを感じる……」

怒張にキスしたあと、美波はさらに想定外の行動へ移る。

(性器を口の中に咥《くわ》えるのか!?)

もはや、完全に寅吉の想像を超えていた。

「舐めるだけならいいけど、お口に入るかしら……」

少々困惑気味に美波は言った。

「入らないさ。ふう、うう、無理なことはやめなさい」

寅吉はなだめるように制した。ところが、美波は顔色を変えた。

「とめられると、燃えるタイプなのよ。わたしに咥えられないオチ×チンはない。ポリシーは大切だと思うの……」

「馬鹿な信念を持つな!?　ぐおっ……」

チュッと唇で裏筋にキスされて、快楽のうめき声をあげる。

(美波のやる気に火をつけたな……)

後悔する時間はなかった。

「ふうっ、むううっ……あうむっ……んんっっ……」

「ふおおお……」

ぽってりした唇輪が、飴色に光る剛直をすべり落ちる。熱い茹《ゆ》で豆腐にくるまれたような刺激に陰茎が疼き、射精の予感を覚えた。

「あうむ、う、うんん!」

美波が気合を入れて唇を窄《すぼ》めると、寅吉の股間はバウンドした。

(カリはヤバすぎる……)

寅吉自身、健全な男性である以上、自慰で性欲処理をしている。その過程で、刺激に一番弱い性感帯が、亀頭冠。カリだった。

「ふうう……チュルル……むふう。大きいと咥えるのは大変ね」

美波は額《ひたい》に汗を浮かべて、唇から唾液を垂らした。

「そうだ。アゴがおかしくなるから、やめなさい」

大きすぎるペニスがコンプレックスということも忘れ、寅吉は必死に相手の愛撫をとめにかかった。

（本気でフェラチオされたら、絶対に射精する……）

教師としての矜持《きょうじ》や男の忍耐力など、アイスクリームのように舐め溶かされてしまうだろう。

「やってみないとわからないわ。無難な快楽って、好きじゃないの」

「意味不明なことを……ぐおっ、ほっ、おうっ……」

ふたたび、美波は極太の屹立に顔を沈めてきた。口輪が亀頭冠に引っ掛かると、無限の快楽が発生し、寅吉の煩悩に牙を剝《む》いた。すでに、射精欲を抑えるレベルは超えていた。

（ダメだ、幼馴染みの口に射精など……）

わずかな理性にしがみつく。

「ふうむ、うう、んんん……あぁんっ、美味しいわぁ……隅から隅まで、逞しいのがいいの。ジュルッ、はうむ、んんっ、あっ、あぁ、いいの……」

艶めかしい澄んだ声と、ネットリと亀頭をうごめく舌の感触が股間に広がった。

美波が顔をしゃくり、上下運動させてきた。柔らかい口内でしごかれると、ジワジワと快美な愉悦に痺れていった。黒いロングヘアが上下になびき、甘い匂いが濃厚になる。鼻腔を刺激して、脳内にまで浸透《しんとう》してきた。

(チ×ポが燃えそうだ……)

舌で鈴口をノックされて、限界はすぐにやってきた。

「ぐおお、出るぅ……」

「いいわ、先生。ホラ、全部出しなさい……んんぐっ、んぐっ、はうむ、んんん、ぐっ……はあ、はううっ、んんん……ああ、美波、口マ×コに出されて、イッチャウウッ……」

肉瘤がググっと膨らみ、美波の口内で白濁液を噴射する。一度射精が始まると、寅吉は噴出をとめられなかった。美波は眼を見開いて、必死に嚥下《えんげ》する。粘り気の強い精液を打ちこみつづけた。

（ああ、何て気持ちいい……熱い粘膜に包まれて射精とは……）

未来の破滅への愁《うれ》いなど、一気に吹き飛ばすほどの快楽に浸《ひた》っていた。幼馴染みの美女人妻の口内を冒すという背徳感も、背筋をゾクゾクと心地よくさせた。

淫らに腰をくねらせて、美波は柔らかい肌に汗をしぶかせる。透明感のある肌が、汗にまみれて夕日に輝く。この世と思えない美しさと心地よさは、夢の世界に思えるほどだ。

（いやらしい女になったな……美波……）

脈動の収束に合わせて、唇は亀頭先端まで引かれる。アクメに飛んだ美波の裸体は、小さな痙攣を繰り返しつつ、後汁までしっかりと舐めとった。

「ううう、勝負は俺の負けだな……」

息を乱して、寅吉は満足気に言った。

（ここまでやれれば、もういい……）

すべてが教頭に露見してもよいという覚悟はできた。

「んんぐっ、んぐ、んん……喉がべったりする……濃いわねぇ、たくさん出しちゃって、ウフフフ、ふうう……ああ、いいわぁ……」

美波は艶めかしく喉をうごめかせていた。

精液を嚥下し終えた人妻に、寅吉は畏怖の念を覚える。生々しい体臭を交えた甘ったるい匂いで部屋は一杯になった。

「ふうう、よかったわぁ……じゃあ、次は部活が終わったあとね。場所は更衣室で同じ場所。条件はいっしょ。ただ、プレイのスタイルは変えるわ」

「どういうことだ？」

寅吉は美波の流暢《りゅうちょう》な話についていけない。

「今のプレイの続きをやるから、ここに来て。いやらしいフェラチオのプレイは、隠しカメラで撮影しているわ。寅ちゃんの覗きもバッチリ記録してあるのよ」

裸体に頓着せず、美波は嬉しそうに言った。

「それは、つまり……」

顔から血の気が引くのを感じとる。

「バラされたくないでしょ？　美波の言うとおりにすれば、すべて問題ないのよ。寅ちゃんも童貞だし、セックスしないで終わりにしたくはないでしょ」

「よけいなお世話だ……」

美波の微笑みに、寅吉は顔をそむけた。妖艶な人妻との逢瀬《おうせ》に心を昂らせる。一方で、弱みを握られた恐怖感に、背筋は冷たい汗が流れていた。

4

二日目は、朝比奈成海、篠田真凛の姿がなかった。

（肝心のふたりを指導しないといけないけど……）

他の主婦生徒たちは、時間になると全員集合した。挨拶を終えて、準備体操から開始する。

一日目、彼女たちがやっていたのはラジオ体操であった。どんなかたちでも事前に身体をほぐしておくのは大事である。寅吉は工夫をくわえて、ストレッチに重点を置いたルーティンで首、肩回り、股関節と順番に実演し、真似をする形式で進めてもらった。

「全然違うものねぇ……」

二十代から三十代らしい生徒たちの顔つきが変わった。現実的に役にたつ内容を教える顧問と判断したのか、真剣な雰囲気になるのを、まざまざと感じた。

「では、次に水中でウォーキングをしてもらいます」

寅吉はプールに入ると、太ももを上げて二十五メートルの距離をゆっくり歩いてみせた。急激な負荷《ふか》をかけないよう、時間をかけるよう注意する。

「普通に歩いても、ダイエットや太もも、腰回りは引き締まります。みなさんの水泳能力は高いので、水の抵抗を効果的に利用しましょう」

人妻生徒たちは、寅吉の示したメニューを素直にこなしていく。

一日目の見学で、彼女たちは総合的に運動能力が高いと感じていた。当たり前のことを普通に賞賛《しょうさん》し、具体的な目標を設定して、わかりやすく理屈を説明する。短く簡潔な話に対して、懐疑的な生徒も、実際に手足を動かすことで、理解を深める。非常にやりやすかった。

(やっぱり、高校の生徒とは違うなあ……)

いきなり泳ぎはじめると、準備体操をしていても、怪我につながる可能性は高い。プールの水に身体を慣らす時間が必要であると、理解してもらえれば充分だ。

「いつものように各自、自由に泳いでみてください。適時、休憩はとってくださいね……違和感のある方や気分が悪くなった方はすぐに申し出てください」

はい、と元気のいい返事を聞いて、寅吉はホッとした。

(二十時まで泳ぐのは無理だからな……)

教頭の配慮で、二時間という長時間、開放しているのだろう。教頭の美緒は、カリキュラムについて自由時間のような説明しかしなかった。一日目も一時間も経過すると、完全におしゃべりタイムになり、十九時半には集合解散していた。

誰かの視線を感じて、顔を向けると、七瀬美波がそばにいた。

「今日、あのふたりは予定でもあったのかな？　俺は何も聞いていないけど」

「他の教科の補習と聞いています。定期的に試験をやって、理解度チェックしているの。いきなり進級考査をすると、落第する生徒が多いから」

「ふむ。なるほど……」

生徒は家庭を持つ社会人である。学校のカリキュラムを、授業時間ですべて理解するのが難しいと、寅吉が一番感じていた。

（それなら仕方ないか……）

正規採用された職員たちから、連絡はなかった。臨時教師としての状況に変化は起きていない。差別する意識はないだろうが、職員室で多忙を極める正規教師と、業務のやり取りは少ないのが実態である。

教頭の美緒からも、体育の授業には力を入れすぎないようにしたいと示唆《しさ》された。

寅吉は頭を切り替える。

「美波は補修を受ける必要がないのか……優秀な生徒だなあ……」

「先生、昔の成績は知っているでしょう？」

美波は誇らしげな表情を浮かべた。

（記憶力はよかったかな……）

当時は、可憐で明るい美少女という印象が強く、学業まで優秀とは知らなかった。

ただ、勉強や宿題でわからないという相談を受けたこともなかった。

生真面目だけの寅吉とは違い、思考の柔軟性に長《た》けているのだろう。

「ちょっと、泳ぎの指導をしましょうか……」

深度の浅いプールに誘導するよう、目配せした。

「いいですけど……どういう指導をされるのですか？」

「まず、水に浮く感覚から確認しましょう。昨日も見ていましたけど、プールの中を歩きまわるだけでは、泳げるようにはなりません」

明確な事実を引き合いにされて、美波はぷっと頰を膨らませた。

（こういうところは、変わっていないなあ……）

童顔の幼馴染みは、感情の起伏《きふく》が激しい。弱点を露骨に突かれて、機嫌が悪くなる。

何を考えているのか、わかりやすい相手ほど、気の置けない相手はいないものだ。

「大丈夫。一度、コツを覚えれば、すぐに泳げるようになりますから」

「でも、美波だって、浮くくらいできるわ」

「バランスが悪いから、沈んでしまう。どこかによけいな力を入れているからです」

「わかりました……」

納得したように、美波はビキニ姿で浅瀬のプールへ移動する。昨日と変わらず、紐で結束する三角ビキニだった。色はピンクとオレンジのストライプで、肌合いから艶やかに見えた。

(他の生徒さんは……)

視線を移すと、鮮やかに抜き手をきっていた。どうやら、寅吉の出番はなさそうである。どの生徒も、泳ぎ慣れている様子で、安心感を持てた。

「先生、どうしたの……」

美波が浅瀬のプールから声をかけてきた。

「なんでもない……」

振り返った寅吉の眼が、美波のヒップに吸い寄せられる。

(ちょ、何をしている!?)

桃尻に水着の布地が食い込んだらしく、両手の親指で引き伸ばしていた。あまりにもエロティックなポーズに、さきほどの興奮が再燃した。ここで巨棒の勃起を披露するわけにはいかない。トランクスのポケットに手を入れて、必死にペニスを腹につけた。

「じゃあ、軽くうつ伏せの姿勢で浮かんでみようか」

プールに入ると、美波はニコリと笑った。

「いちおう、補助はお願いしますね」

「ああ、はい……」

気安く頼んできたが、寅吉は戸惑ってしまう。

(身体に触ってもいいのか……)

幼馴染みか、さっきのフェラチオの影響か、美波の態度がかなり大胆で親密になった気がする。常識で考えれば、人妻が夫以外の男に身体を触られるなど、かなりの抵抗感があるはずだ。

「じゃ、スタートします」

リラックスした様子で、美波はけのびした。綺麗なボディラインを描いて、ゆっくりと近づいてくる。

(なんだ、上手にできるじゃないか……)

拍子抜けした気分になったが、足先がバランスを崩して沈みかける。急いで横に回り、太ももを右手で支えた。

（うう、柔らかい……）

スラリと長い脚のため、もっと硬いのかと想像していたが、なめらかな肌の感触が伝わってくる。さらに、左手を腹部に回す。

（ウエストラインが見事に括れて……）

嫌でも胸が高鳴り、鼓動が速くなった。手のひらに気をとられていると、息が続かなくなったのか、バシャッと美波が水面から顔を出した。

「ふう、先生……美波の身体、よかったでしょ？」

息を荒げて、美波は微笑んだ。

（また、誤解されるような言い方を……）

実際に、彼女のけのびは文句のない姿勢だった。どうやら、滞水時間を延ばしたため、寅吉がバランスを崩したと早合点したらしい。

そのとき、何か違和感を覚えた。

「ウフフ、先生、左手……」

美波の瞳は潤《うる》んでいた。

「左手……あ、ああ……」

寅吉の顔から血の気が引いた。

（マズい、美波の胸を鷲づかみに……）

他の生徒たちから離れた場所とはいえ、教頭の義娘の胸を触ったことは、大問題になる。ビキニパッドは捲《めく》れて、寅吉の指は生乳に埋まっていた。

胸の熟脂肪に、あまりにも自然に指が吸いついたため、まったく気づかなかったのだ。手のひらの中心からは、硬くなった乳首の存在まで伝わってくる。

「美波を隠すように立って……」

生乳からはがそうとした手を、美波は自分の手で押さえつける。

「ちょっとヤバすぎる。おい……」

物怖《ものお》じしない幼馴染みに寅吉は慌てた。

（うわ、柔らかすぎる……）

みっちりと女肉が詰め込まれた乳房は、たやすく指が沈み込む柔軟性と、押し返す弾力性を融合させている。まったく力をこめていないのに、手のひらで生乳が卑猥にひしゃげていた。

「ねえ、さっきの話、嘘だと思っているでしょ？」

美波は顔を紅潮《こうちょう》させていた。

「な、なんのことですか!?」

激しい動悸《どうき》をこらえて、まろやかな乳房から手を外そうとする。

(これ以上は……)

美波の表情が妖艶に惚《ほう》けた。巨乳から手を離したあとも、ドキドキはおさまらない。水面に浮かぶビキニブラジャーを渡すと、胸に着けながら、耳元で秘密を打ち明けるようにささやいてきた。

「童貞先生のオチ×チンを、美波がねんごろにフェラチオしてあげたじゃない。隠し撮りしたって言ったけど、ハッタリと思っていないかしら?」

「カメラなんて、なかったぞ……」

柑橘系の甘い匂いが、快楽のひとときを思いださせた。

(本当にあるなら、俺はどうなるのか……)

セクハラを訴える証拠として、美波が撮影したと考えられる。映像を残されれば、元々弱い立場の臨時教師が窮地《きゅうち》に追い込まれる。美波はビキニを着けて、プールの縁に座った。

「先生の見える場所に置いてあるはずないでしょ。でも、美波の言うことを信じていなければ、部活後、すぐに帰っていいわ。罰ゲームはなし」

「どうするつもりだ!?」

「証拠の映像を、義母《かあ》さんに見てもらうわ」

ハッキリと美波は言った。

キュウッと胸が苦しくなり、寅吉の眼前に闇が立ちはだかった。

（これは、本当のようだな……）

教頭の美緒に見られれば、一気に懲戒《ちょうかい》処分だろう。レイプととられても、凌辱《りょうじょく》行為の強要と罵《ののし》られても、寅吉には開き直る勇気はなかった。

「うう、俺を脅すとは……」

「違うわよ。気持ちよかったでしょう？　美波のオッパイ、よかったでしょ？　もっと気持ちいいことを、教え返してあげる」

「わかったよ……」

上手く誘導されてしまった。

（えらいことになったなぁ……）

すっかり美波の手のひらで踊らされているような気がした。それでも、寅吉の左手には、人妻の乳房を鷲づかみにした、生々しい感触が残っている。

「じゃあ、背泳ぎを見てください、先生」

他の生徒の視線に気づいたのか、美波の口調はふたたび変わった。幼馴染みの人妻相手に、胸の高鳴りと格闘して、あっというまに時間は過ぎていった。

「先生、ありがとうございましたー」

「みなさん、お疲れさまです……」

終礼を済ませると、生徒たちは女子更衣室へ向かった。ただ一人、七瀬美波だけはプールサイドに残っていた。

(美波は悪いことができる女性ではない)

寅吉は美波の性格を信じている。

幼い頃から、美波は寅吉の姉貴分として公私にわたり面倒を見てくれた。両親を失った寅吉は、親戚の家に預けられたが馴染めず、外で美波と夜更けまでいっしょに過ごしていたものだ。

特別、何をするわけでもなかったが、彼女は他人を窮地に貶《おとし》めて楽しむ類の人間ではない。その思いは、美波が人妻になった今でも変わっていなかった。

「寅ちゃんの性格は変わっていないわね……多少、大人っぽくなったかな」

人の気配が無くなった頃、美波が口を開いた。

「美波は結婚して、立派になったよ」

他に言うことが見つからなかった。

「ウフフフ、そうねえ……お互い、見えない場所が成長しているのかしら」

美波の手が寅吉の腕をつかんだ。

「さあ、行きましょう。ママさん生徒たちは、夕飯の支度があるから、着替えも早いのよ」

「お前だって、朝比奈さん、篠田さんもママさん生徒だろ？」

「わたしたちは、子供のいない人妻女子高生よ。三人とも、夫には外食で済ませるようお願いしているわ……ね……少しつき合って」

部活中の穏やかさがなく、美波はどこかソワソワした様子だった。

「さっきの続きをするのか？　俺じゃなくてもいいだろ……」

「寅ちゃんじゃないとダメなの。トラウマの話を忘れたの？」

「それは……わかるけど、プレイボーイはたくさんいただろ……美波なら……」

「安心して身体を委《ゆだ》ねられる相手ではなかったのよ。警戒心が強い性格って知っているじゃない」

「それはまあ……」

（どうしたものかな……断れない……）

高校時代の美波は、幼馴染みの間柄であり、手の届かない高嶺《たかね》の花でもあった。かなりの男子生徒からの告白を断ったことも、イジメにつながったらしい。

(気の置けない相手かぁ……)

高校生の頃、寅吉は美波に対して、情欲の視線で見ることはなかった。学園のアイドルになった美少女には、いつも取り巻き連中がいた。

あの連中に、美波は心を開けなかったようだ。

(難しいものだなあ……)

ボンヤリする寅吉の手が、グイグイと引っ張られた。先導する美波の黒髪から甘い匂いが漂ってくる。濡れた黒髪をヘアバンドで結《ゆ》わえて、ポニーテールにまとめている。

「急がなくてもいいだろ」

「だって、あと二時間くらいでしょ？　ここを使えるのは……」

「お前は本当に帰らなくていいのか……」

「最近、夫とはセックスレスなの……帰っても意味ないわ」

寂しそうな表情で、美波が振り返った。

(聞いてはならないことを言ってしまったかな)

プライベートの領域に踏み込むつもりはない。つい、高校時代の気分で尋ねたことを悔やんだ。女子更衣室は熟れた匂いにあふれている。ふたりが入ったときには、誰もいなかったが、存在感のある生々しい香りにピリピリと脳裏は痺れた。

切なそうに美波は瞳を潤ませた。

「鈍感なところも変わっていないわ……少しは察して……うう、どうでもいい男性に、フェラチオするはずないでしょ……」

今度は美波からベンチに座った。すでに息を弾ませている。脚を跨がせて、後ろ手をつく。挑発的ともいえるポーズに、寅吉は引き込まれた。

「悪かった……ごめん……」

正直に謝るしかなかった。

(どうやら、本気で誘惑しているらしいな……)

淫戯の記録を暴露されることしか、寅吉の頭にはなかった。人妻となった美波がジッと真剣な眼で見上げてくる。

ぽってりした唇からため息が漏れた。

「夫とシテいないの。だから、昨日、寅ちゃんの勃起を見たときから、疼いて仕方なかったのよ……うう、もう、わたしの言いたいこと、わかるわよね」

「ああ……でも、俺は……」

コンプレックスを言い出せず、唇を噛んだ。

「未経験の寅ちゃんに、プロフェッショナルなセックスを求めていないわよ。んんっ、ふうう……半年もオナニーしなかったら、どうなるか、想像できるでしょ。同じくらい、欲しいの……」

「美波……俺でいいのか？」

寅吉は一瞬迷ってしまった。

（夫がいる人妻だぞ……）

肉棒を咥えられただけでも一大事なのに、結合までやってしまったら、取り返しがつかなくなる。そんな分別は、美波のほうができているはずだった。

もう一つ、不安要素はあった。童貞のことである。

「寅ちゃん、美波とセックスしたくないのかしら……」

小悪魔のささやきに、牡欲の本能が爆発しかける。汗ばんだ白い柔肌を波打たせて、悩殺《のうさつ》的なポーズで誘ってきた。

「したいに決まっているだろ。だけど、童貞だぜ。美波を満たしてあげられるかどうか、わからない……」

うなだれる寅吉に、美波は容赦《ようしゃ》なく言い放った。

「童貞先生にセックスのテクニックは求めていないわ。すべて、わたしの言いなりに動いてほしいの。いきなりオチ×チンを突っ込まれたら、堪《たま》らないし」

美波は露骨な言い方をしてきた。

「そ、そうか……わかったよ……」

「ウフフ、じゃあ、大事なところを舐めて……手で触って……」

美波は恥ずかしそうに声を震わせて、顔をそむけた。

（初めてみる表情だ……）

ふだんは屈託《くったく》のない美波が、官能的な懊悩の表情を浮かべている。ビキニショーツの紐をほどく指が震えていた。濡れた陰毛が白い照明の光にきらめく。

「うるんだ場所を……お願いぃ」

熱にうかされたように、美波は脚をくねらせる。ベンチに座り、指を大陰唇にあてた。寅吉は生殖器の知識だけなら豊富に持っている。体育大学で学んだ色気と官能のない教科書の内容だ。

（美波のオマ×コを……）

童貞には憧れであり、未知の領域だ。はやる心を抑えて、左右の花弁を開く。サーモンピンクの秘粘膜に、興奮の鼻息がかかると、美波は右手の甲を口元にあてた。瞼《まぶた》を落として、ジッと見下ろしてきた。

「ああ……ふんんっ……」

艶めかしい吐息に、本能的な性欲が刺激される。

ここからどうすればいいのか、わからないのが、もどかしく感じた。フェラチオされたように、肉のワレメにそって指を動かしてみる。

「ふう、んん、いいわ……急がないで……」

「ふうん。指で撫でると、気持ちよくなるようだな」

ラビアのうねりに、両手の人差し指をスライドさせる。

膣内は熱く収縮していた。ぬかるみの光が強くなる。美波は眼を閉じて仰向けになっていた。ビキニブラジャーはなくなり、爆乳が揺らめいた。

(うう、どうしてだろう……女性恐怖症が出てこない……)

過度の緊張感やめまいがない。寅吉は前かがみになって、媚裂をいじりまわす。ジットリと女体の肌に汗が浮かび、甘い匂いと潮っ気《け》が混ざり合う。やがて、硬くなるクリトリスに、右手をのばした。

嬉しそうに美波は歓喜のいななきを吠える。

「そ、そうよ……クリトリスいいわ。あ、あんんっ、寅ちゃん、もう少し強くいじって……お願いぃ……」

右手の甲で声を抑えて、左手で寅吉の頭をつかんできた。たどたどしい指遣いがいいのか、ムンムンと潮っ気の匂いは強くなる。

(俺の指で、美波がもだえているのだ……)

プロポーション、美貌をそなえる一人の女に快楽を刻んでいる実感が、男としての自信を与えてくれた。右手でクリトリスをピタピタ触り、左手でラビアとヴァギナの境界面を繰り返しなぞる。

「じゃあ、中に指を入れるよ……」

左手を太ももに置いた。右手を鉤《かぎ》型にして、中指をソロソロと膣穴へ侵入させる。第二関節まで挿入すると、スレンダーな裸体がアーチを描いた。

「あぁっ、そこぉ！　いいっ、んあっっ、はあっ……あんんっっ……」

濃艶な息を吐いて、美波は長い睫毛《まつげ》を震わせた。

(うう、ざわめいている……)

膣内の襞が、中指に押し寄せる。ザラッとした感触が細やかな肉襞と伝えてくる。ネットリとした愛液が指全体を濡らし、キュッと絡みつく。グルグルと螺旋《らせん》状に中指を動かせば、美波は眉毛をハの字にしならせてあえいだ。

「いいっ、寅ちゃん。んんあっ、はうっ、もっと自由に動かしていいわ……はんんっ」

どこか物足りないような口調で、美波は指示してきた。

(そんなに気持ちいいのか……)

潤んだ瞳が寅吉を見上げてくる。汗ばんだ柔肌を波打たせて、さらなる快楽を求めているようだった。熱気を孕む膣内に指を埋《うず》めていく。

「オッパイも揉んで！　吸ってもいいから……」

命令調の指示にしたがい、寅吉は白乳に左手を添えた。紅い乳首がコルク状に尖《とが》っており、乳輪まで張っていた。美波の左乳に顔を沈める。夢見心地の気分で乳蕾を咥えた。

(ミルクが出そうだな……)

美波の乳房を味わうなど、二度とできないような気がした。我を忘れてなめらかな乳肌から、舌を素直に這わせていく。左手で乳首の横腹をつまみこすり、右手で膣肉をえぐり上げた。

「あんっっ、すごいぃ……いいっ、ああ、寅ちゃんの吸い方、エッチで素敵ぃ。う、んんんっ……指が長くて子宮に届きそう……乳首ジンジンくる、うっ……ふあっ、あっっ……」

頤《おとがい》をクンクン上げて、美波はよがり声を叫びまくった。

「ちょっと、声を下げろよ……」

あまりにもボリュームの高いソプラノボイスに、寅吉は誰かがやってこないか心配してしまう。狂おしいばかりに美波は黒髪を左右に振った。重たげに乳房が揺らめく。

（これが人妻の身体か……）

生々しい美波の裸体に夢中だった。講義で聞いた女性の器官は、色気の影形もないイラストと文字で構成されていた。もちろん、ムラムラと情欲が掻き立てられるはずもない。

もんどりうってあえぐ美波に、寅吉の声は届いていなかった。

「ううん、寅ちゃんから三点責めされるなんて……あはうう、いい、はあ、んあ、もう、アソコがトロトロになっちゃったわ……」

「そうなのか……同時に嬲《なぶ》ると気持ちよくなるときがあるのか……」

寅吉は正直に歓心《かんしん》のうなりを吠えた。

「いちいち言わないでぇ……ああんっ……もっとぉ、もっとしてぇ……」

美波がもどかしそうに裸体をよじらせた。蓄積《ちくせき》された肉欲が、女体の芯から愛液になり、あふれ出す。指を楽に出し入れできる。

(なんか、美波のオマ×コが……)

指を根元まで挿入して、旋回や抽送を繰り返すと、蜜襞が次第に柔らかく締め上げてきた。しなやかな収縮になって、粘性の高い水音が部屋にこだまする。刷毛《はけ》塗りの汗で柔肌を弾ませ、美波は熱っぽい眼でセックスをせがんできた。

「ああんっ、ふうっ、ううっ……もう大丈夫よ。寅ちゃんの童貞、美波に捧げてちょうだい。遠慮しなくていいわ……ふうう……んっ、あっ……」

「え、それは……大丈夫なのか」

上体を起こして、寅吉は困惑する。

(人妻の美波とセックス。やはりマズいのでは……)

水泳部の顧問が人妻生徒の貞操を、夫の知らない場所で奪う。しかも、剛直は爆発寸前で、胎内に埋めれば子種をばら撒《ま》く可能性は極めて高い。これまでの性戯と問題の大きさが違う。

だが、据《す》え膳《ぜん》食わぬは男の恥ともいう。ここで、童貞と縁を切れば、女性恐怖症の飛躍的な治癒《ちゆ》につながるかもしれない。

「どうしたのよぉ……その大きなオチ×チンで美波のオマ×コを串刺しにしてちょうだい……わたしはいつでもいいわよ……来てぇ……」

恍惚の表情で、美波は腰をくねらせた。丸っこい桃尻がうごめくのを見ると、自然にトランクスを脱いでしまう。巨大な牡棒が股間から飛び出した。若々しい肉竿には、禍々しく静脈が浮かんでいる。はち切れそうに張りつめた赤黒い亀頭は先走り汁で濡れていた。

（本当に大きいチ×ポに拒絶感がないのか……）

フェラチオとは違い、セックスとなれば、性器の大きさは重要であろう。一刻も早く挿入したい気持ちとは別に、美波に嫌われたくない欲望も芽生える。寅吉自身、巨大な肉棒がセックスアピールにならない気がしていた。

予想に反して、美波は眼を丸くする。

「いいわ。はあぁ……夫のペニスは小さくて短いの。全然違うわ。夫のモノしか知らないけど、大きなディルドでオナニーしたら、脳味噌が飛び散るくらい、気持ちよかった」

「ふうん。そのディルドと俺のペニスは違うかな……」

好奇心を抑えられず、尋ねてしまう。

(何を聞いているのだ、俺は……)

体育教師にあるまじき行為であった。夫と性器の比較をさせて、更に、性具の感触との違いまで問いただしている。

だが、幼馴染みの人妻は興覚めした様子もない。

「偽物のオチ×チンは慣れると虚《むな》しくなるの……熱く滾《たぎ》って、無数の血管を竿に浮かばせた生のオチ×チンじゃないと、本当にイケないような気がするのよ」

「そうかな。で、どうかな、俺のチ×ポは?」

「すごいわぁ……あれだけゴックンしたのに……回復力がすごい」

声をしならせて、美波は誘うように股を広げた。左手で姿勢を保ち、右手で膣裂を左右へ開いた。柔らかい胸の谷間から汗が流れ落ちて、媚肉に吸い込まれる。

(エロすぎるだろ……ああ、入れたい……)

高校時代の美波は、清楚高潔な雰囲気のある美少女だった。それだけに、男を誘うような服装や言葉を極力嫌っていた。

「大丈夫よ……夫はここにいないし、寅ちゃんならゴムなしでいいの。もう、美波におかしなことを言わせないでぇ……ああんっ……早くぅ……アソコが疼くのぉ」

プチンッと寅吉の中で、何かが切れた。

（うう、ダメだ……どうにでもなれ！）

燃えさかる煩悩に、理性のストッパーが完全に飛ばされた。ゆっくりと位置を確認して、亀頭を膣口にあてがう。女唇のぬくもりが情欲を煽ってくる。

ピクンッと美波はスレンダーな脚を跳ねさせる。

「熱いぃ……そこよ……あああ、来てぇ……」

寅吉が括れた腰を両手でつかむと、美波はすかさず手首を握ってきた。

「ウフフ、あん、でも焦《あせ》っちゃダメ……まず、ゆっくりと刺して」

人妻生徒の指導で、グッと腰を進める。熱く蕩《とろ》けた愛蜜の膣穴に嵌《はま》り込むと、正常位で貫いていく。美波の顔から余裕が消え失せる。キュッと眼をつぶり、眉根を寄せた。

「入ってくる、うっ……大きくて硬いのぉ、んあっっ、はあぁ、あああんっっ……」

（うおお……オマ×コにかぶりつかれる）

野太い怒張が膣内でキュッと肉輪に包まれた。ウネウネと温かい感触に全身の血液が熱く滾った。ズシリと重い快感が肉柱から下腹部に広がる。膣壁に亀頭がぶつかると、ザラッとした襞に肉傘がこすれた。ビリッと強い刺激で、眼の前に火花が散る。

「ぐっ……んんお……」

寅吉は反射的に歯を食いしばる。

（いきなり射精したら、シャレにならない……）

うなぎ登りの膣圧に、射精感が高まっていく。寅吉は尻穴に力を込めて懸命に耐えた。もし、フェラチオで抜かれていなければ、三擦《みこす》り半に終わっていただろう。

「ううんっ、やっぱり逞しいぃの……いいわぁ……はあっ、ふう、そのまま来て」

美波は一瞬、顔をのけ反らせたのち、唇を半開きにして呼吸を整える。

（ついにセックスまで……なんて温かくて柔らかい粘膜だ）

少しずつ肉棒を進めていくと、狭隘《きょうあい》な膣襞が激しくざわめいた。ウネウネと細かい襞が竿に吸いついてくる。温かい胎内の様子が、すべて伝わってきた。

（あの美波と、ひとつになれる日が来るとは……）

生々しい感触が脳内に広がり、結合の実感をまざまざと噛みしめた。

「あんっっ、太いぃぃ……いいのっ、あっ、んぐっ、奥までぇ……」

言われるとおり、進めていくと、トンッと柔らかい壁に亀頭があたった。まだ竿の尺は余っていたが、これ以上の前進はとめたほうがいいと、本能が告げてくる。

（美波の胎内に溶かされてしまいそう……）

ザラメの襞は、愛液にぬめり、心地よく亀頭冠を刺激してきた。女筒は所々で締まり具合が異なり、密着度も違う。胎内に孕んでいる熱が鈴口全体を包み、一体となった心地よさに魂を抜かれかける。

「ふう、んっ、あっ……子宮まで来たのねぇ……んんっっ、はああっ、はあぁ、はあっ、長いぃ……ウフフ、寅ちゃんの初めてをいただいたわ。どうかしら、美波のアソコは……」

額にビッシリと汗を浮かべて、美波は微笑んだ。

「いや、すごいとしか言えないな……今にも出してしまいそうだ」

素直に人妻を褒めたたえる。

(さすが美波だな……)

快楽に思考が停止して、語彙《ごい》も消失するほどだった。だが、美波は狭い膣に巨棒を埋め込まれても、どこか余裕を感じさせた。何もしていない状態でも、膣壁が収縮する。亀頭が揉み潰されて、甘美な電流が背筋をほとばしった。

「あんっっ、気持ちいいぃ……寅ちゃんのオチ×チンは逞しいわ……わたしの子宮に到達してくれたもの。夫は何度やってもダメだった……それに、硬くて鉛《なまり》みたい……ドクドクと脈が伝わってくるぅ……エラも張っているのね……んんんっ、んあっっ」

美波がペニスのサイズに拘《こだわ》る理由がわかった。ただ、褒められても喜ぶべきなのか、寅吉はわからなかった。とにかく、美女の胎内に肉幹を挿入できた快楽で、全身は痺れていた。このあと、どうすればよいのか判断できない。

「それは、ありがとう。で、えーと……」

寅吉の両腕をギュッと握り、美波は声を上擦《うわず》らせる。

「ごめんなさいね。寅ちゃん……ゆっくり動いてちょうだい」

「どう動けばいいかな？」

襞が怒張に張りついて、膣圧は高くなっていた。

（何もしないと、抜けなくなりそうだ……）

スレンダーな外見に似合わないほど、女襞は肉棒を握りしめてくる。美波は嫌がる素ぶりを見せない。現状は、それだけで十分だった。温かい粘膜の感触は熱を孕んだ心地よさに富んでいる。だが、寅吉には、まだわからないことが多かった。

「奥をゆっくり突いて……うんんっ、そう、オナニーのときに、ディルドでやったことはあるけど、生で刺されてみたかった。んあっっ、ふうっ、激しくしないでね……」

悩まし気に唇を動かして、美波は顔を横に向けた。

（うう、滅茶苦茶《めちゃくちゃ》にしたくなる……）

女性への恐怖はなくなって、征服欲が頭をもたげる。ここで、一気に勢いよく抽送すれば、立場を逆転させせられないだろうか。キュキュッと締まる膣の感触を好き勝手に味わいたい。ただ、彼女がどう反応するか、まったくの未知数である。

寅吉は子宮を揺すり上げるように、優しい往復運動を開始した。

「ふううっ、んんっっ……んっ、んっ、あぁっ……そ、そうよぉ。あんっ、あ、ああんっっ、いいっ、はんんっ、んっ……太いのがみっちりと来る……すごいぃ……はあっ、んっっ……」

艶めいた美波の声が、次第に大きくしなりだした。

（そうとう感じているな……う、締めつけが強い……）

眼を閉じて、切なそうに美波は息を弾ませる。怒張を緩やかに短いストロークで律動させると、面白いように膣襞が締まった。亀頭が熱く痺れて、強張《こわば》りを増した。

「ズシンと子宮を押される、うっ……あんっっ、たまらないわぁ、あぁ、んっっ……」

「うぐっ、こんな感じでいいのか？」

獣《けもの》のごとくあえぐ美波の様子に、寅吉は不安を抱いた。

（また、膣の締めつけが強くなってきた。まさか、動けないくらい嚙みついてくることはないよな……気持ちよさそうだけど……）

スレンダーな裸体は、筋肉質に引き締まっていた。愛液の分泌量は増えて、よがり声も澄んでいった。フワフワと柔らかい膣肉は、鈴口でえぐるとグッと密着してきた。

「ふうっっ、いい、いいわぁ……んんあっ、はんんっ、あ、ああんっ……少しずつ強くして、くうっっ、んっ、あっっ……そうね、はぁ、はうっっ……もう少し強くして」

亀頭で子宮膜を突き上げる勢いに、美波は物足りなさを感じてきたらしい。

（これ以上締まりがきつくなると出ちゃうけど）

射精欲もムラッと寅吉の股間に宿りだした。

突き上げると、美波の顔は懊悩に揺れて、刷毛塗りの汗が周囲に飛び散った。甘美な匂いと刺激に劣情を煽られて、腰の動きをとめられなくなる。

（いや、ダメだ……俺だけ気持ちよくなっても……）

これは、美波からのセックスの誘惑であるが、半分は脅迫された結果なのだ。自由気ままに抽送して勝手に射精してよいなど、言われていない。

「ちょっと……寅ちゃん……あふうっっ、ああんっっ、んんっ……スピードが速いわ」

美波は息を乱しつつ、敏感に反応する。蕩けた表情で睨まれ、寅吉は病みつきになりそうな快楽をこらえ、少しずつスローテンポに変えていく。あるリズムになった瞬間、襞の収縮が激しくなる。寅吉の腕に美波は爪を立てた。

妄想よりも遥《はる》かに快感は大きく、自制心が吹き飛ばされそうになる。美波の裸体をオカズに、自慰することもあった。だが、想像の世界と現実は違う。美波の膣壺の温かいうねりや、卑猥な吐息、火照《ほて》った体温が生々しい。

「そう、寅ちゃん、いい子ね……んんあっ、ゆっくりでも、子宮までズシンとくるぅ……あんんっ、わたしも腰が動いちゃうぅ……あはあんっっ……」

パッチリした眼を閉じて、美波は悦楽のプールに浸りだした。厚い唇を開けては、悩ましいあえぎ声を叫んだ。次第に奥襞の締まり具合も、微妙に変化する。

屈託のないふだんの美波からは、正反対の淫らな人妻の痴態に、興奮は高まるばかりだ。

「オッパイ触りたいでしょ？　いいわよ。はあ、んあっ、太いのがいいわぁ……オマ×コを拡げられるのがたまらない……寅ちゃんをたくさん感じるぅ……んあ、はああっっ……」

美波は、バンザイの姿勢でベンチの端をつかんだ。

不規則に動く乳首が寅吉の劣情を煽ってきた。揺らめく絹肌の乳房に汗が流れる。ゴクリと生唾を飲み込んだ。ボリューム感あふれる爆乳は、ゆらゆらと紅く息づいていた。

（揉みごたえのあるオッパイだ……）

無意識に美波の腰から手を離して、乳房を鷲づかみにする。いきなり力いっぱい握らず、指を馴染ませるよう膨らみに沈めた。同時にピストンを直線運動から、螺旋軌道へ変えてみた。濡れ襞に亀頭を押しつけて、引っ掻きまわす。

美波の腰がいやらしくくねった。

「くうっ、あっ、あぁ……あんっ、それいい……素敵よ、寅ちゃん……」

あえぎ声が生々しくしなった。

「寅ちゃん……好きなように突いていいわよ……」

薄目を開けて、美波はつぶやいた。

（本当にいいのか……いや、滅茶苦茶に突くのはダメだ……）

本能的に独りよがりなピストンはマズいと、脳内に危険信号が鳴った。何度も抽送を繰り返すうちに、美波の反応やあえぎ声から、独特のリズムとコツをつかめていた。

「んふ、うう、そろそろ激しくしていいのよ……ホラ、んんあ、寅ちゃんをもっと感じさせてちょうだい……寅ちゃんのオチ×チンで美波の子宮を思いっきりえぐって……」

理性が吹っ飛ぶような美波の甘い言葉に、煩悩は弾けた。

（ああ、もう……仕方ない！　やってしまえ！）

思いきりのいい抜き差しを始めた。

だが、たわわな美乳の揉みしだきといっしょにハードピストンはやらない。肉槍をしゃくり上げて、蜜蕊をえぐりだす。キュウキュウと肉輪の締まるタイミングで、緩々《かんかん》と胸房の揉みしだきを緩める。

美緒が一番感じやすいであろう結合状態を目指した。

「ああんっっ……ふあ、あんっ、いいんっ、夫のセックスとはやっぱり違う。んあっ、はっ、あんっっ、寅ちゃん、掻きまわして……オッパイも強く揉んで……」

キュッと亀頭冠が膣襞に括《くく》られる。

（くお、美緒から一気に求めてきた……）

ゴリゴリと極太の怒張で、襞肉を切り裂くと、豊満なヒップがバウンドする。怒棒を動かせば、妖艶なあえぎ声を返してくれた。

中出しをねだるように、美波の膣壷が肉柱を引っ張る。何も考えられなくなり、寅吉は我を忘れて肉棒を子宮へ穿《うが》ち込んだ。

「くっ、はっっ、あっ、やあっ、あんっ、は、んんっ……ああ、もう、イキそう……寅ちゃんもイっていいのよ。美波の中にたくさん出してね……はあんんっっっ……んああっっ」

興奮で大量の汗を浮かべて、美波は腰をくねらせる。

汗と愛液でぬかるむ膣肉が、寅吉のペニスに密着してきた。大きな肉棒に対するコンプレックスは吹き飛び、男の自信がさらに増した。

(中に出してしまっていいのか……)

人妻の貞操を奪い、精子まで注入するのは勇気がいる。幼馴染みの美波が相手でも、気は引けた。すると、美波から寅吉の股間へ腰を激しく前後させてくる。

「どうしたのぉ……んっ、あっっ……出してぇ」

淫猥な姿に、迷いは完全に消えた。

ムニュッと爆乳に指を沈めると、指の間からムチムチとした白肉がはみだす。柔らかい感触をたっぷり味わい、股間を叩きつける。

「ああんっ、すごぃ……こんなの初めて……子宮を突き上げられて、あんっ、ううん、はあ、きゃんっ、あ、あううっ……」

獣じみたあえぎ声に変わり、美波のスレンダーな裸体が痙攣を開始する。

「んおお、美波、あ、美波！」

相手の名前を連呼すると、亀頭にかぶさった膣襞の圧力が徐々に強くなる。寅吉の射精感も促進《そくしん》された。

「美波のオマ×コ……あんっ、んっ、痺れちゃうぅ……あはああんんっ……」

肉と肉のぶつかり合う音が、女子更衣室に響《ひび》く。寅吉の禍々しい赤黒い肉棒を、美波のきらめく絹肌の裸体は存分に味わっているようだ。

（ぐおお、もう、出るう……）

「出すぞぉ……美波……一番奥にぃ……」

一度射精しているにもかかわらず、それ以上の放出欲が剛直に宿った。長大な竿の尺をすべて美波の胎内に突き刺す。刹那、温かい美波の女体の膣奥に、大量のスペルマを射精した。

「ああ、熱いぃ……寅ちゃんの精子が美波の子宮にあたって、灼《や》けついちゃうぅ、くうあっ、ああっ、んんっ、ああ、イク、はあ、あんんっ……イッちゃウウッ……」

男のモノをギュッと締め上げ、美波は高々と浮かした恥骨を慄《おのの》かせる。微細な痙攣の連続が、肉棒の射精感を萎《な》えさせることなく、噴出を促した。

（ふおお……なんて気持ちいい……）

美女を組み敷いてアクメに飛ばしたという充実感。オナニーで得られる快感とは別次元のエクスタシー。一体になって頂点に達した安心感。

何もかもが想像を凌《しの》いでおり、地味な禁欲生活の頃には、戻れないと思わざるをえなかった。

「はあぁ、はっ、んああ、はああっ……すごいぃ……美波のお腹にたくさん寅ちゃんの精液がかぶりついているわぁ……あふう、ふう、ウフフ、先生はコツをつかむのが早いわね。上達するのはあっというまって感じがするわ。そんな男の童貞をもらえて、美波は光栄だわ。フフフッ……どうだったかしら……」

「ああ、とてもよかったよ！　でも……うう！」

寅吉は声を落とした。内奥に埋めた牡棒から、新しい快楽がほとばしる。

「これっきりで終わらせたいのかしら？　それは、先生の意思に委ねますわ。だって、わたしは生徒ですから……ああんっ、そんなぁ……ウフフ」

妖艶な微笑みを浮かべる美波は、清々《すがすが》しいほどに屈託がなかった。寅吉は二回戦を回避して、肉棒を相手から引き抜く。人妻の花弁から、濃厚な精液が逆流して、ベンチに垂れ落ちた。

第二章　桃尻妻とのビショ濡れ特訓

1

　更衣室で肉体関係を持ってから、美波への指導はやりやすくなった。濃厚な裸体の交わりで、互いのトラウマが無くなったせいかもしれない。ただ、教師が人妻生徒と淫らな関係を持ちつづけるわけにはいかない。他の生徒についても、問題を起こさないで上手く解決できれば理想的である。だが、思うように事態は収束するどころか、さらなる障害が発生するものだ。

　それは、禁断の密会の数日後のこと。

（今日も来ていないな……）

問題児三名以外は、淡々とメニューをこなしている。美波以外の二名のうち、篠田真凛はずっと休んでいた。仕事の関係で時間がとれないらしく、多忙な日々を過ごしていると聞いていた。

この日、朝比奈成海はクロールで他の生徒といっしょに泳いでいた。綺麗なフォームに文句のつけようはなかった。

初日、寅吉に指導を求める姿勢があったものの、何も言ってこない。クロールの泳ぎを見ている限りでは、成海に指導が必要とは思えなかった。

「先生、指導をお願いします」

プールサイドで生徒たちの泳ぎを眺めていると、美波が声をかけてきた。

(他の生徒も遠慮しないでほしいな……)

高校に所属していない人妻生徒たちは、黙々《もくもく》と泳いでいた。水泳に限らず、相談ごとに乗るという教頭のノルマが、このままでは達成できない。せめて、もっと円滑《えんかつ》なコミュニケーションを図《はか》りたいのだ。

彼女たちの悠々《ゆうゆう》とした雰囲気には余裕すら感じられる。

「わかりました。あちらのほうがいいかな……」

幼児用プールを指さすと、美波は黙って頷いた。

「平泳ぎが上手くいかないの……」

　意外な言葉に、寅吉は驚いた。

「美波は平泳ぎが苦手なのか……」

「脚の使い方が下手《へた》なの……」

　運動神経抜群の美波でも、すべてを卒なくこなせないらしい。すでにクロールは泳げるようになっていた。平泳ぎも背泳ぎも、コツをつかめばいいのだが、そこへ到達するまでには時間がかかる。

「一度、泳いでみてください……改善点を探してみましょう」

　幼児用のプールで、脚だけを動かしてもらう。長くしなやかな両脚が、波頭を立てた。一連のモーションから、水中での推進力を生みだすためのキックをなしていないとわかる。

「水を蹴る感覚がないだろ？　脚に水の重さを感じたら大丈夫さ」

　寅吉はプールに入り、キックする美波の足首をつかんだ。水面から顔を出した美波は、縁に顔をのせた。

「イメージが大切ってことね」

「うん、そのとおり……」

あ、うんの呼吸で会話しているときも、寅吉の視線は美波の身体にいってしまう。

(美波のお尻は綺麗だな……)

スラリとした脚のつけ根から、桃尻の膨らみを眺めてしまう。セックスは一日一回のペースで継続しており、美波はやめようと言わなかった。

もちろん、寅吉は立場や人妻相手という事情から、何度も打ちどめの話を口に出しかけた。だが、優美な美波の身体が裸になると、無言でトランクスを脱ぐ癖がついてしまった。

ふと、形のいいヒップのそばに人の気配を感じた。

「佐々木先生。わたしも平泳ぎは苦手です。確かに美波は、泳げないから水泳部に入ったし、教えることはたくさんあるでしょう。でも、生徒は美波だけではありませんわ」

「そうですね……では、朝比奈さんのフォームも見ましょう」

顔を上げると、朝比奈成海がプールサイドに立っていた。

(美波の言うとおりの性格みたいだな……)

気まぐれな性格らしく、口数も多いほうではない。その分、篠田真凜や美波と違い、ハキハキしたタイプに見える。美波の個人指導をしているつもりはない。どうしても、こちらから声をかけにくい雰囲気があった。寅吉は言いわけが嫌いなので、黙って微笑んだ。

「美波だけに時間を割《さ》かれるのは、違和感がありますわ。わたしもお願いします」

「ええ、喜んで……じゃあ、美波さん」

視線を美波に向けると、今日は用事があるからと言い残して、引き上げていった。

去り際に振り向いた美波は、軽く首を振る。

(今日のセックスはなしか……)

ホッとするべき状況のはずだった。人妻との甘いセックスを続ければ、どこかで露見する可能性は高い。肉欲の沼に両脚をつっ込む前段階で、決別するときはくる。

わかっているはずなのに、どこか名残《なごり》惜しい気持ちが心に残った。美波と肉体関係を持つようになって、すでに女性恐怖症の症状は出ていない。

「先生、お聞きしてもいいですか?」

気づけば、成海は幼児用プールに入り、寅吉のすぐ前に立っていた。

「な、なんでしょう……」

胸を高鳴らせつつ、平静をよそおう。

(人懐っこい表情を……)

あらためて成海を見た。きつい口調とは違って、非常に親しみやすい雰囲気を醸《かも》し出している。二人になる時間が長ければ、親密な関係になれそうな気がした。

美波や真凛と比較すれば、顔の造形に彫りの深さはない。顔立ち全体は綺麗なものの、地味な印象だった。バストも平均サイズで、競泳水着のため、他の生徒と紛《まぎ》れそうな雰囲気もあった。

ただ、興味深い点もある。好奇心旺盛な表情で顔を近づけてくることもあれば、切れ長の瞳を潤ませて見つめてくるときがあった。寅吉の想像から、人妻が極端に人恋しい気持ちになるときは、肌の温もりを求めてくるのではないかと考えてしまう。

「最近、美波を熱心に指導されてらっしゃいますね。幼馴染みは、やっぱり、特別扱いを受けるものかしら……」

「そんなことはありませんよ。わたしは教師です。公平に気を配っているつもりです。違うと受けとめられるのなら、今のように直接意見してくださると助かります」

寅吉は冷静に言った。

(何か疑っているな……)

寅吉と美波の雰囲気に、成海は違和感を抱いたようだ。

「まあ、いいわ。わたし、平泳ぎが思ったように進まなくて……」

美波と同じ悩みを持っているらしい。

「なるほど……では、美波にやってもらいましたけど……脚の動きから確認しましょう」

「ちょっと待って……」

成海は手で説明を制した。

「何か……」

「美波って呼び捨てなのが気になるの。幼馴染みは知っているけど、あなたの奥さんではないですよね。フレンドリーな関係って、よい面と悪い面があると思う。まあ、どう呼ぼうが彼女自身、納得しているなら文句はないわ。だったら、わたしも成海って言ってほしい」

馴れなれしい口調に変わって、妙に艶やかな雰囲気を帯びた。

「え!? そ、それは……」

眼を瞬《しばた》かせて、寅吉は狼狽した。

(年上の生徒を、名前で呼び捨てなんて……)

成海の言うとおり、公私混同《こうしこんどう》になる。教師と生徒という関係はあるが、年長者と年少者の上下関係も存在した。もちろん、彼女も人妻である。

「先生って、かなり堅いタイプよね。でも、ギスギスした関係だと、教頭先生の頃と変わらないから。ホラ、言ってみて……」

悪戯っぽい笑みを浮かべて、背中を向けた。

「じゃあ……成海さん」

「まだ堅いわね……でも、いいかな……フフフ、アドバイスをお願い」

「水を蹴るイメージで、脚を動かしてください。最初はゆっくりで」

成海にもプールの端をつかんでもらい、脚だけ動かしてもらう。

「こうかしら……」

「ええ。その姿勢で、平泳ぎのキックをしてもらえれば……」

「やっぱり、上手くいかないのよねぇ……」

「何度か同じ動作を繰り返してもらえますか?」

「わかったわ……」

ザバザバと水面にさざ波が立っては消える。

「ふむ、なるほど……」

寅吉は腕を組んで、適当に相槌《あいづち》をうった。実は脚の動きなど見ていない。成海の色っぽい背面を凝視していた。

（うう、ギャップがすごい……芸術的なお尻だ）

白くまぶしい豊麗なヒップに視線は落ち着いてしまう。競泳水着の柔らかい濃紺の生地がピッタリと肌についている。成海の上半身ばかりに気をとられていたため、美しいハート形をした、ゆで卵のようななめらかな桃尻は盲点《もうてん》だった。

（こんなヒップがあるのか……触りたい……）

無意識に卑猥な欲望が芽吹いた。

「どこを見ているの？」

寅吉の視線に気づいたように、成海が振り向いた。

（マズい……）

淫らな気持ちが伝われば、信用を失ってしまう。それでも、沈黙の時間を続けるわけにもいかない。ゆっくり息を吸いながら、寅吉は成海と眼を合わせる。

「太ももからの一連の動きが気になって……脚を動かしてください」

真面目な表情で、キックを促す。

「どう脚を動かせばいいか、教えてくれないかしら」

成海は納得いかない表情で、首をかしげた。

どうやら、キックのイメージが上手く伝わらなかったようだ。水を蹴るというのは、簡単なようで難しい点もある。

（よかった……バレていない）

「わかりました……脚を広げる。足の裏で水を蹴る。同時に脚を閉じる。こうです、こう……」

足首をつかんで、ヒップに持っていく。流麗な桃尻に手の甲があたった。成海は特に顔色も変えずに眺めていた。

寅吉のほうがドキドキしてしまう。

（こんなに大きくてまろやかなお尻は見たことないな）

成海は小柄な美波と比較して身長は高い。しかも、骨格が太いため、爆尻でもボディラインはなめらかである。ムチッとした熟脂肪が、水蜜桃《すいみつとう》を思わせるたるみのない臀部を形成している。ヒップのサイズは九十五センチ以上ありそうだった。

納得したように、成海は前を向いた。

「ふうん、水かきもやりながら、キックしないといけないからなあ。リズムが合わないとうまくいかないわね」

「しばらく脚の練習だけやりましょう。ビート板で……」

道具を探しに行こうとすると、成海が声をかけてきた。

「先生が身体を支えてください」

「え!? 成海さんを……いいですよ」

大胆な提案に思えたが、成海にすれば微修正で済むと考えているのかもしれない。

彼女の脚は、水をある程度捉《とら》えていたからだ。

成海がゆっくりけのびの姿勢から、脚を動かしていく。横に立って、間近で見ると、ヒップの浮き下がりしか目がいかない。

(うわ、綺麗な太ももだ……)

白くまぶしい豊麗なヒップが水に濡れて光ると、色香が無限に広がった。今日は美波とセックスしていないこともあり、ムラッとした視線が成海の桃尻を射抜く。

「ふう、ありがとう。これなら、すぐに出来そうだわ……」

「え、ああ、それはよかったですね」

慌てて寅吉は相手の身体から視線をそらした。

(お尻だけ見ていたから、わからなかった……)

我ながら情けない性分と胸が重くなった。

「さてと……ちょっと休憩します」

成海は数往復したのち、プールの中で座る。幼児用プールの四隅は、直接座れるように浅い構造である。腰を下ろしたとき、両太ももが水に濡れる高さだった。

おまけに二十五メートルのプールも含めて、温水である。寒暖差の激しい気候のため、むやみに冷水にしないほうがいいという管理棟の判断であった。

「先生、もうひとつ聞きたいことがあるの……」

キラリと成海は眼を光らせた。

(もう、泳げるだろうから、何もないと思ったけど)

嫌な予感が胸をよぎった。

「まあ、あとでゆっくりやりましょう。ところで、成海さんはどうして水泳部に？」

「美波といっしょよ。できないことをできるようにしたい。そんなところね。あとは、わたしの質問に答えてくれたら、言ってもいいわ」

(上手く話題をそらせたいな。変なことを言いそうな予感がする……)

寅吉は成海の左隣に座った。

「くっ……何を……」

淫らな刺激に寅吉の身体が跳ねる。股間に電気が走った。

(成海さんの左手が……)

いつのまにか、成海の手がトランクスの中に侵入していた。

「変な声出さないでね。他の生徒に気づかれるから……」

成海はボンヤリと前方を見ていた。

「それなら、どうしてこんな……んっ……」

三十二歳の人妻の指が、肉棒に絡まって、自由自在に動きまわった。あっというまに海綿体が充血する。繰り込まれる刺激が甘すぎて、寅吉は股間をよじらせるしかなかった。

「可愛い反応……美波は先生のオチ×チンをおしゃぶりしていたわ。あなたがやらせたのかしら……立派なペニスなのはわかるけど……」

成海は視線を合わせようとしない。こちらを責めるわけでも、問い詰める口調でもなかった。代わって、成海の柔らかい指先が剛直を攻めてきた。

「なんでも知っているようですね」

「ええ。いちおう。美波が言ってなかった？　女子更衣室にカメラを置いているの。他の生徒も知っているわ。録画した動画を確認しているのよ。美波は毎日セックスしていた。相手はすさまじく大きなペニスを持つマッチョな男。それから、ここに来ている男性は、水泳部の顧問だけ」

「あれは、美波に誘惑されて……おんっ……」

トントンッと亀頭の先端を人差し指で叩かれた。味わったことのない快美な感触で剛直が痺れる。寅吉はその場から逃げられなくなった。

(これも一種の誘惑なのか……)

成海の指戯は、美波のフェラチオとは趣《おもむき》が異なる。繊細さに欠けたしごきとなぞりに感じたが、水の抵抗を上手く利用して、性感帯を攻めてくる。勃起すると、亀頭冠と裏筋をメインに、長く細い指がクネクネと肉樹を行ったり来たりする。

「誘惑されてセックスしました。言いわけにしては、弱すぎるということくらい、先生もわかっているでしょ」

「そ、それは……ぐうっ……」

「あら、初々しい声ねえ。童貞を卒業したばかりでしたね。あらためて卒業おめでとうございます。でも、この程度の手コキでイクようなら、どの女も相手にしてくれないわね……戦力外よ」

手厳しい宣告に、寅吉の心は凍りついた。彼女は悠々と肉竿をしごいてくる。自分の所有物であると言わんばかりの図々しい態度も、絶えまない快楽の痺れに圧倒されて、気にならなかった。

「手を離してください……」

「フフ、いやよ……敏感すぎるわ……そうねえ。もう少し、事実関係に納得できたら……先生はあの子を襲ったわけではないのよね？　いちおう、美波とは親友だから……」

「当然です。んおっ、ちょっと、成海さん、手を……」

寅吉が真面目に答えると、成海の手戯はキレを増した。

（緩急《かんきゅう》をつけられると、よけい気持ちよくなる……）

すると、羽毛で撫でるように指先だけを竿に這わせてきた。心地よさに恍惚となり、相手の手を握ってやめさせようと思えなくなる。人差し指と中指で亀頭冠を持ち上げられると、肉傘がカアッと熱を孕む。親指でクルクルと亀頭部を擦られ、顔を上げてしまった。

「女性恐怖症でした。ペニスの大きさがコンプレックスで、性欲はありましたけど、行為自体への欲求はなかったのです」

寅吉はスラスラと事情を話した。変に誤魔化《ごまか》しても見透かされてしまうであろう。このまま射精まで導かれるのは避けたかった。成海の左手は、不規則に動きつつ肉棒のサイズや形状を把握《はあく》しているようだ。

チラッと成海が、寅吉の股間を見つめた。

「変な先生……セックスアピールの優位性に劣等感を覚えるの!?　でも、先生は嘘がつけない性格みたいだし……まあ、それなら納得いくかな……」

安心したような口調で、彼女はペニスから手を離した。青年は荒くなった呼吸を整える。成海の目的が、美波とのセックスの真相解明なら、淫戯を終えて解放してくれるはずだった。

だが、予想外の方向に会話は展開された。

「今日は美波との逢瀬を奪ってしまったわ……フフフ、お詫《わ》びを申し上げるだけでは、不満でしょう？　どうしようかしら……」

「成海さんが気にされる必要はありません」

「ウフフ、そうでもないの……あなたが成海の身体に関心を持つように、わたしも寅吉さんのオチ×チンに興味津々なのよ」

「すいません。ちょっと意味がわからないのですが……あぐっ……」

直後、肉竿をギュッと握られて、寅吉は甘い嗚咽を漏らしかける。

「さっき、成海のお尻を見ていたわね……」

「さあ、気のせいでは？」

「正直に言いなさい。先生のためよ」

再び指が肉樹を行き交《か》いだす。しごきとなぞりを繰り返されて、股間が沸々《ふつふつ》と本能的な欲望に疼きだした。彼女は細い指を流れるように躍らせて、牡欲を炙り出してきた。

寅吉は下腹部に力を込めて、奥歯を嚙みしめた。

「たまたま視界に入ることはありますよ。美しいものなら見惚れることもあるでしょう。うう、ちょ、成海さんの指が柔らかいので、先端は……勘弁してください」

「やっぱり見ていたのね。成海のヒップに淫らな妄想を抱きながら、眺めていたのね？」

開き直ろうとしたが、成海は容赦してくれない。三十路過ぎの人妻は、美波を上回る存在感があった。人妻のヒップを視姦するのが、卑猥な行為と学んだばかりだ。だからこそ、白状したくなかった。それでも、包容力のある口調に惑わされて、寅吉は本能に従った。

「ええ。あまりにも魅力的なお尻でしたから……」

あっけなく成海の尋問に屈した。彼女は淡々とした調子で言った。

「素直でよろしい……私は先生みたいなタイプ、嫌いじゃないの。それに、最近は夫とセックスしていないから、ちょうどいい相手を探していたのよ」

ずいぶん失礼な言い方なのに、情欲が絡んで、何も言い返せなかった。寅吉も成海の桃尻を堪能《たんのう》したいと思っていた。もちろん、許されない行為であると分かっている。

「どういう相手を探しているのですか!? いきなり言われても困ります」

「全然、困っているようには見えないけど……オチ×チンはビンビンじゃない」

「どういう意味ですか！」

「ここは硬くしなって、挿入先を探しているようね……あら、可愛い反応ねぇ」

「それは、あなたが……ううう……」

成海の左手が肉竿を上下運動する。強くしごかれて、極上の快楽に肉竿が痙攣した。浅ましい快楽への誘惑に屈しないよう寅吉は顔をゆがめた。額に汗が滲《にじ》んで頬を伝う。

青年の葛藤《かっとう》する様子に、成海は微笑んだ。

「ウフフ、いい顔をするわねえ……じゃあ、活動が終わったら、セックスの指導をいたしましょう……そうすれば、美波とのことも教頭には黙っててあげる。免職は避けたいでしょ」

誘惑を匂わせながらも、寅吉が暴走しないよう、きちんと楔《くさび》を打ってきた。脅迫的な言いまわしをしない分、老獪《ろうかい》な印象を受けた。

（どちらにせよ、断れないじゃないか……）

気づいたら、密戯の約束をさせられている。

それでも、成海の指は肉棒から去ってくれない。

「寅吉さん！　ハッキリと言ってちょうだい……イエスなの？」

中途半端に淫戯をすれば、露見する可能性は高い。不倫行為を漏らさず、人妻の立場を堅持《けんじ》するためには和姦の合意をしておきたいのだろう。寅吉の口から、確約を得たいという気持ちが伝わってきた。

「わかりました……今日だけでいいですよね？」

ドクン、ドクンと怒棒が脈を打った。

「ええ。でも、先生が希望されるなら、これからもいいですわ」

射精寸前まで怒張を撫でたあと、ゆっくり成海は手を離した。

(性感の昂り具合までわかっているみたいだ……)

どちらかと言えば、ボーイッシュでセックスとは関係のない女性という印象が強かったため、淫らな招待は甘すぎる魅力にあふれていた。

2

部活終了後に、成海と寅吉はプールサイドのベンチに座った。二十五メートルプールのそばに、背もたれのない長椅子が置かれている。女子更衣室にあるベンチより広くて横になりやすい。

人の気配がなくなると、成海は濃紺の競泳水着のまま、顔を近づけてきた。

「美波と同じくらい満足させてほしいわぁ……」

「いきなり言われても……う、ううむ……」

寅吉の唇が奪われる。人妻の息が頬にかかり、心拍数が上がった。

(美波とはキスしていないな……)

数回セックスを重ねたが、互いに性欲を貪《むさぼ》るのに夢中だった。

(ゼリーみたいな唇だ……)

成海の唇はびっくりするほど柔らかい。その感触はすぐに無くなった。

「フフ、キスしたことないでしょ」

ライトキスに驚いた表情を見て、成海はケラケラと笑う。何も淫らなことはしていないと言わんばかりに、無邪気な声が響いた。

「うう、いいじゃないですか……うむ、チュウッ……」

「いきなりディープキスしてもね。先生が受け身だけのプレイも、あまり面白くないのよ……」

細かく互いに唇を重ねては、顔を見合わせる。プルンッとゼリー状の柔らかい感触に、甘い匂いが微かに混じり合い、寅吉の脳内が麻痺《まひ》させられる。

(恥ずかしいのに……気持ちいい)

やがて、キスをするとき両肩をつかまれる。水着越しにバストが胸板に押しつけられると、ムニュムニュと新鮮で刺激的な心地が広がった。

お互いに顔を見合わせていると、こそばゆい気分になる。だが、慣れてくると、隠れていた快楽への欲求が胸を焦《こ》がした。

「はあうむ、うむ、ふう……」

上目遣いになる成海の唇が、互いの唾液で濡れ光る。次第に唇が接触する時間は長くなり、成海は眼を閉じた。熱い息が互いの口内粘膜を満たす。

(舌が……口の中に入ってくる……)

屈託のないふだんの態度とは違い、密戯になると非常に細やかなプレイを重ねてきた。柔らかい舌は、いきなり口内を弄《いじ》ってこない。ねっとりと唾液を絡ませてから、歯茎をゆっくりとなぞり上げてくる。高い鼻梁を交わして、唇を押しつけてくる。

（うう、美波のときよりも夢中になってしまいそう……）

情熱よりも繊細さが伝わってくる。舌がヌルッと寅吉の舌を突いてきた。突き返すと、もつれ合わせる。窒息気味になると、唇を離した。舌だけを弄り合う。

「んん、ん……ふう、んんあ……」

息を吸い込むとき、成海の鼻梁から甘ったるい声が出た。

（うおお、ベロチュー……）

再び唇を重ねた。舌をもつれ合わせて、甘い唾液を味わう。成海の喉がうごめく音に、寅吉は興奮を昂らせた。生々しいあえぎ声を聞いて、脳髄に快楽電流がドバっと流れた。人妻と禁断の接吻を交わしている状況に、ムラムラと欲望が胸にうずまいた。

「んう、ふう、あ……寅吉さん……あまり急がないで」

成海は敏感に反応して、唇を離した。互いの唾液が糸を引いて落ちる。

「わかりました……う、ううう」

「ンフフ、嬉しいわぁ……こんなオバサンでも相手にしてくれるのね」

「そんな！　成海さんは綺麗ですし、魅力的な女性です」

青年の口調は、爛れた快楽により、感情的になってしまった。

「ありがとう……じゃあ、仰向けに寝てちょうだい……もっと気持ちよくなりましょう」

成海の手がトンと肩を押した。

筋肉質の身体がベンチに横になる。悪戯っぽい調子で、成海は競泳水着にくるまれた桃尻を顔の真上に持ってくる。肉づきのいい太ももを跨がせてきた。

(美波のお尻より大きくてムッチリしている……)

三十二歳の人妻は性欲盛りと学んでいた。肉欲を象徴しているのか、ピッチリと柔らかいラバー生地に覆われたヒップは、視界一杯に張り出している。圧倒するようなボリューム感があった。白い肌が濡れて、艶やかな光を発していた。

「シックスナインは知っていますか？」

「ええと、いえ、聞いたこともないです……」

艶臀に見惚れていた寅吉は、顔を真っ赤にする。

「本当に!?　確かに初々しい印象がしたけど……ウフフ、いいわ。先生、成海の大事な部分を馴染ませて……ただし、乱暴に水着を脱がさないでね」

「え!?　直接触れてはダメなのですか……」

何をしたいのかわからなかった。お触りまでNGをくらって、寅吉はショックを隠せない。子供のように困惑した表情を浮かべる。

「可愛いわねえ……シックスナインは、互いの性器を愛撫し合うの」

「それなら、直接触っていいのでは……」

「ウフフ、積極的な学習態度は歓迎するわ。じゃあ、成海の秘密を教えてあげる。お尻は性感が飛び抜けて高いの。だから、先生に直接触られると、すぐにイク可能性が高いのよ……」

成海はゾクリとするような色気の帯びた瞳で見下ろしてきた。フェロモンたっぷりの雰囲気に、股間の牡棒が疼いて亀頭は熱を孕む。

（お尻を眼の前に置かれただけで、射精しそう……）

水蜜桃を思わせるたるみのなさが際立っていた。片方の尻房だけで、バレーボールのような大きさに感じられた。

「はい、先生の大好きなお尻ですよぉ。ウフフ、どうかしらぁ……」

成海が前のめりになると、ムチッとした白肌が弧《こ》を描いた。立体的なヒップの迫力に気圧《けお》されそうである。谷間は深くて、水着が食い込んでいた。濃淡《のうたん》のコントラストが視覚的な興奮をさらに高める。

「先生はトランクスを脱いで……あの巨大なペニスを見せてちょうだい」

寅吉は相手の要求にすばやく応える。黒々とした肉柱がばね仕掛けのように飛び出した。一秒でも早く成海の膣に挿入したかった。

「ああ、すごいわねえ……さっき全体を触ってみたけど、やっぱり大きいわ。ウフフ、成海のお尻を可愛がってくれただけ、慰《なぐさ》めてあげる。頑張ってね……」

無邪気に微笑みながら、成海は官能の眼差しで振り返った。期待に応えたいところであるが、シックスナインのやりとりはわかっていない。

「成海さんのヒップが大きくて、どこから手をつければいいのか……」

寅吉は困惑してしまった。

(クンニリングスも、ヴァギナの場所がわからないとなあ……)

成海は自由に弄ってよいと言う。具体的な要求がない。どうやら、美波のときよりハードルの高いエッチである。まるで、前戯の授業を受けている気分になった。

眼の前にドンと置かれた巨大な桃尻へ手を伸ばす。まず、ピチピチに張りつめる生肌に手を添えた。待ちかねたようにヒップが跳ねた。

「あ、あんんっ……」

尻肌に触れた瞬間、成海が艶っぽい声でのけ反った。

（え、こんな触りで……）

あまりの感度の高さに、たじろいでしまう。だが、このままでは前に進めない。吸いつくような肌の感触は、つきたての餅のようだった。みずみずしく柔らかい母性とムチムチした弾力性をたたえている。

「どうしたのよ。寅吉さん、ドンドン触っていいわ」

「ええ。こおお……」

ペニスをつかまれる感触が広がった。ドクンッと股間を跳ね躍らせる。

（フェラチオを……）

桃尻の向こうでは、成海が長大なペニスにかぶりついていた。生温かい舌でペロペロと亀頭から舐めてきた。大小起伏のある蒼い刺激が肉棒に浸透する。勝手に下半身が動いてしまう。

「見えないフェラチオのほうが、興奮するでしょ？　寅吉さんはいつも、どう攻められているか見ていたもの。そろそろ美波のフェラチオだけでは、倦怠期《けんたいき》に入る頃よね……」

「そ、そういうものでは……んんお……」

ただのヤリチン教師と思われては堪ったものではない。必死に否定するが、一日一度はリビドーを抜く癖がついていた。一回でも抜かないと極端に活発な牡棒へ変わってしまうのだ。成海がひと舐めするたびに射精欲を煽られた。

(美波とは違う……繊細なやり方だな……)

フェラチオなど、どの女性を相手にしても変わらないと思っていた。成海の舌遣いは、ひと舐めの範囲が極端に狭い。その分、一度押しあてた唇を肉竿から離さなかった。焦らすように唇がとまると、感度は上がる。再び口が動きだすと、肉棒から何倍もの快感が伝わってきた。

「むちゅ、ちゅ、レロ、ふうむ、レロ、チュウッ……」

亀頭に加わる刺激の波に合わせて、寅吉は腰をよじらせる。

「身体を動かさないで……わたしのお尻を可愛がってちょうだい」

成海に命令され、真ん丸なヒップをさすりだした。

(ボリューム感のある桃尻だなぁ……んん、見ているだけでチ×ポが燃えそうだ)

尻房を揉み込むと、成海の舌の勢いが弱くなる。代わりに、色っぽいあえぎ声と吐息が飴色の肉幹に吹きかけられる。ゾクゾクと心地よさが股間に降りかかった。寅吉は股間を跳ねさせる。

「ううぐっ、出そうです……」

「そんな、早すぎるわ……もし顔にかけたら、オチ×チンを噛み切るわよ」

「ええ……そんな……勘弁してくださいよぉ……」

情けない声で呻《うめ》くしかなかった。

（やはり、引き出しの広いフェラチオだな……）

彼女の口調は、美波よりも自信と余裕が感じられた。どうやら、刺激を受け入れる器《うつわ》や披露する性戯の経験値の差が大きいようだ。そんな態度は寅吉の期待を煽ってやまない。

フェラチオをしているときも、両手の指はペニスを握っていた。舐めやすい角度に傾けて、微妙なしごきも忘れていない。ビクビクと快楽電気に肉竿が痙攣する。

（あ、水着にシミが……）

寅吉は成海の変化に、ゴクリと生唾を飲み込む。

ヒップの谷間に一筋の黒いシミがあった。食い込んだ水着の底に、クッキリ濃淡の差が浮き上がる。ボディソープの桃の匂いが寅吉の鼻腔を刺激する。成海は愛液を漏らしていると確信した。シミにそってゆっくり指をなぞらせる。

「これが、成海さんのアソコですよね？　違うかなぁ……」

「んっ、いちいち聞かないでぇ……あ、あああんっ……」

成海は淫らに腰をくねらせた。小さな動きでもボリューム感あるヒップは大きく波打った。言い知れぬ興奮が股間から背筋にかけて走る。ゾクゾクとペニスが甘く痺れて、劣情が膨らんだ。

「ウフフフ、焦らすやり方をするわね。たどたどしくて、かえって火照っちゃうの。あまり放置したから、オチ×チンは、さめざめと泣いているわね」

「ぐお、ちょ、成海さん……あ、あううっ……」

チュウッと尿道口をバキュームされて、紅い雷が直撃する。さらに、内奥へ舌をねじり込まれた。蕩ける感覚に、脳内を灼かれていると、成海の口がパクッと怒張を頬張ってくる。

「ううん、はあむ、ちゅう……ちゅう、ふう、レロレロ……お漏らしなのに、濃い精子ね。はあぁ……夫にも分けてあげたい絶倫ぶりだわ……飲んでも妊娠出来そう……」

「ちょ、成海さん。誤解されるようなことを……ぐおお」

変幻自在のフェラチオに、寅吉の愛撫が鳴りを潜める。直後、彼女の愛撫も勢いを無くしていった。寅吉は飛びかけた意識を取り戻す。

「ウフフ、もっと弄ってくれなきゃダメよ。ホラ……」

成海は含み笑いで振り返り、顔面に桃尻を押しつけてきた。

「はあ、ふうう……わかりました。チュウ、ううん……」

爛熟《らんじゅく》の花園に、寅吉は吸いついた。水着越しに舌をスライドさせ、微妙に押したり、擦り上げたりする。ジワジワッとシミの範囲が広がっていくのがわかった。

（熱いな……煮えたぎった愛液が漏れているのか）

股間にほとばしる刺激を耐えて、成海の肉裂を攻めた。彼女も舌で竿を舐め上げて、キスマークを肉棒に刻んでくる。やがて、ムワッと潮気の強い匂いが、寅吉の顔に立ち込めた。

「あんっ、はあんっ……いい、あひ、いいのお、ああ、すごいわぁ」

成海の激励に、吸いつきを強くする。

（俺の口愛撫で、明らかに成海は感じている）

被虐心《ひぎゃくしん》を煽られたからではないだろう。

下手な舌遣いなら、女体も心も萎えるはずだ。生々しい女の匂いも濃厚になり、寅吉は無我夢中で成海の熟裂を攻めた。

ただ、相手は手練《てだ》れの淫戯を持った人妻である。童貞を卒業したばかりの寅吉が敵《かな》うはずはなかった。成海はシックスナインの体位をやめて、身体を反対側に移動させる。

（うお、手も舌も動きが変わった……）

均衡《きんこう》を保っていたシックスナインは、成海の一方的なフェラチオになっていた。ジュポジュポと水音をたてて、柔らかい口内粘膜に亀頭が叩かれる。

「くおお、んんっ……」

「ここまでお疲れ様。フフフ、最初のチャレンジにしては、上出来だわ。もっと強引になるかと思ったけど、紳士なのね……」

艶っぽい声色を保ちつつ、口調は穏やかであった。唇から唾液を垂れ流して、肉棒を貪婪《どんらん》にしゃぶりつくしてきた。丁寧なタッチと大胆なバキューム。なめらかな舌の感触と、怒濤《どとう》のヘッドバンキングに、股間は痺れて感覚を失う。

寅吉は歯ぎしりしながらも、射精欲のせり上がりをとめる術《すべ》を持ち合わせていない。

「気持ちよく終わらせてあげる……思いっきり出しなさい。ママがドピュドピュしたザーメンを全部ゴックンするわぁ……」

ネロネロと亀頭冠に舌が這いまわり、ビリンッと魂の抜ける快感が寅吉を支配した。

成海は指先や美貌を回転させた。摩擦力やしなりを総動員して、精を搾り取ろうとする。

（ふお、もう……ダメだ……）

されるがままに、射精欲が白濁液となり噴出した。

「んん、きゃああ……あんぐ、んんんっ、ふむう……」

成海の口内に、寅吉は牡欲のすべてを注《そそ》ぎ込んだ。

「ふうん、うん、んん……んぐっ、んんっ……」

色香のある雰囲気で、成海はコクコクと寅吉の精液を嚥下する。

（簡単に全部の精液を!?）

信じがたい光景に、視線を奪われる。真面目な澄ました表情で、瞬時に他人の肉棒を丁寧に舐め上げて、射精をねだった。火照った相貌《そうぼう》には汗が滴《したた》っているが、余裕すら感じられる。

卑猥な態度に、寅吉の中で淫靡な欲望が芽生えだす。

3

大きなヒップが、寅吉の顔から遠ざかった。成海は隣のベンチに移動して端をつかみ、尻をこちらに突き出した。煽情的な姿に呆然とするが、肉棒の勃起は萎えることなく、青黒い亀頭はさらに張りつめた。

成海は振り返って、ペニスをジッと見た。

「さすが絶倫の寅吉さん。わたしの物足りなさを、すべて埋めつくしてくれそう。ホラ、あなたもフェラチオで終わらせるつもりはないでしょ？」

誘うように白く輝く大きな臀部を左右に振った。

(まだ、こちらの前戯が終わっていないけど……)

寅吉の心はセックス一色に染められている。見たこともないふくよかな桃尻の膣は、熟した果肉に満たされているだろう。串刺しの肉感や、味わいは、美波と違うはずだ。

「水着は脱がないのでしょうか……」

不思議そうに尋ねてみる。

妖しい微笑みで、予想外の返事をしてきた。

「寅吉さんの逞しいオチ×チンで、水着を破って！　それぐらいの猛々《たけだけ》しさがないと、セックスさせられないわ……」

思わず頷きそうになった。

成海のヒップは、並の男性をひれ伏せさせる迫力があった。彼女が求める肉柱も、桃尻のサイズにつり合いがとれないと納得できないのだろう。

繊細さと豪快さをあわせ持つ丸尻の前で、肉杭を見下ろす。一刻も相手の中に入りたいと訴えていた。成海のバストは決して小さくない。だが、人並みのボリューム感をそなえているが、美波や真凛と比べれば見劣《みおと》りするのは否めなかった。

彼女は男を誘うベストな淫戯と体位を用意したようだ。

「立ちバックでお願い。尻スマタの状態が長くなってもイカないで。見かけ倒しの早漏って、拍子抜けしてしまうの……ねっ、それだけ逞しいから大丈夫よ」

(バックで……)

魅惑的な体位に、股間が燃え上がる。

「うう、一回抜いてもらったから大丈夫ですよ。でも、競泳水着を裂くのは難しいかなあ」

寅吉は素直に言った。競泳水着の布地は柔らかい材質でも、簡単に切れない強度がある。もしかすると、最初から性交までは望んでいないのかもしれないと勘繰った。

何かを期するように、成海は黙った。はち切れんばかりの白い尻肌は、小刻みに動いていた。

(ここまできたら、オマ×コに挿入したい……だが、水着を裂けるだろうか)

どうするか迷っていると、成海は夫の話を始めた。

「この水着ね……旦那からプレゼントしてもらったの。美波から、少しはわたしの噂も聞いているでしょ？　あなたと同じ、高校の体育教師なのよ」

（なるほど……だから、着ているのか……）

フィット感抜群の水着は、こぼれ落ちそうなヒップをしっかり引き上げている。もしかしたら、部活以外の使用用途もあるのかもしれない。

「そうですか……色合いやサイズはピッタリですね」

「ウフフ。誤魔化してもダメ。あなたの妄想しているとおり、夫はセックスするときに着てほしいみたい……最近、燃えるようなセックスをしていないから」

ドクンッと重苦しい嫉妬に駆《か》られる。

（うう、意地悪だな……旦那と本番をする前に予行演習か!?）

成海の旦那が体育教師であることをすっかり忘れていた。

しかし、同じ職種の男が成海を抱いている光景を想像すると、背徳感と淫猥な欲情に火がついた。なんとしても自分のモノにしたいという略奪欲まで芽吹きだす。

「安心して……夫とはセックスレスなのよ。粗チンじゃ破けないわ」

寅吉の心を見透かしたように成海は微笑む。

「別に、俺は……うっ、くうっ……」

眼の前にある人妻のヒップが、不規則に揺らめいた。

「成海が欲しいくせに、無理しなくていいわ。この水着は裂けやすくするために、お尻の部分が細工されているわ。寅吉さんなら、破けるわよ」

淫欲をたきつけるよう、成海の甘いささやきはとまらない。

（お尻の部分だけ、生地が薄いのか……）

セックスでそそる衣装を着せるのは、夫婦の営《いとな》みなので、寅吉も口は出せない。だが、ペニスで旦那の欲望の化身である水着を八つ裂きにしたいという、禁断の思いは増幅する。

（成海に俺の爪痕《つめあと》を残してやる……）

可憐なヒップを見る眼の色が変わった。

成海は、寅吉の変化を敏感に察した。

「ウフフ、あとはお任せするわ……はあぁ、後背位で刺してもらうなんて、本当に久しぶりだわ……こんなに興奮するのも……」

澄んだ声に導かれて、ウエストをつかむ。水に濡れた生地へペニスをあてがう。成海は濃艶な息を吐いた。ムチムチした尻に、黒膨れの極太を埋めていく。ピッタリ閉じたヒップの谷間が、卑猥にひしゃげる。

(んおお、オマ×コみたいな感触……)

肉厚なヒップは、不動のボリューム感を誇り、ペニスに周囲から圧力を加えてきた。ヒンヤリとした尻房の甘い刺激に眼がくらみ、ジンジンと鈴口が灼熱に燃える。

「熱いぃ……太いわね。ああんん……」

成海のあえぎ声に、理性の糸はプチンッと切れる。

(ああ、もう、あとは野となれ山となれだ……)

下半身に力をこめて、グイッと腰を突き出した。

「あ、ああーーんっ……あんっ、いい、すごい……硬いぃ」

成海は瞳を曇らせて振り返った。ふだんの屈託のない表情とはかけ離れていた。

「じゃあ、ガンガン動きますからね……」

了解を得るために、事前通告した。夫のプレゼントした淫戯用のコスチュームを、まったく面識のない男が性器で八つ裂きにする。背徳感にゾクゾクと劣情が煽られる反面、呵責《かしゃく》の念もあった。

(うう、この感触にもハマりそう……)

フェラチオや膣内で味わう快楽とも違う。まるで、処女膜のごとく、舟底にラバー生地が立ちはだかっていた。亀頭を押し込むと、グニャリと変形するが、柔軟に衝撃を緩和《かんわ》する。

一番気に入った点は、相手が振り返らなければ、顔を見ないで好き勝手できることだ。懊悩な表情を拝《おが》めないのは、残念である。だが、必要以上に顔色を窺わずに済む。

（美波のときは、反応を見ながらやっていたけど……）

人妻の神聖な領域である膣。一時的な不倫と言っても、ペニスを挿入するとなれば、一種の緊張感が伴《ともな》う。変に攻めれば、キズモノにしてしまう可能性もある。しかし、相手の性感帯を突いて、愛液で粘膜に優しく触れれば、凄艶な色香のある牝顔を拝める。

今回のプレイは違う。

（オマ×コを貫かない分は、好き勝手にできる）

無責任にはなるが、尻スマタは寅吉にとって、貞操を奪う行為でないと考えていた。

成海の性感は、獣じみたあえぎ声や、腰のくねらせ具合で確認できる。

「あふ、あんっ、いいの、もっと激しく、鋭く……」

ショートカットの髪から水滴が散った。くぐもった声になり、様子を見ると、成海はベンチの上に顔を置いていた。

先端が膣口にあたると、マグマのような熱さが亀頭に伝わった。もし、処女膜があるなら、こんな感覚になるのかと妄想を膨らませて、ピストン運動する。

(突くほどに柔らかくなる……)

不思議な気分だった。ボリューム感タップリの桃尻が、体温の上昇に伴い、まろやかさと柔らかさを増してくる。まるで、桃が熟れて甘くなるように、硬さがとれてくる。

「寅吉さん、もっと変化をつけて。ただ、一直線にガンガン突くのも気持ちいいけど……ああんっ……んん、ふうう……」

しなった声で、成海は振り返る。

(あれ、肩紐が食い込んでいる……)

妖艶なボディラインとヒップに視線を奪われて、今まで気づいていなかった。

「んお、おうっ……」

尻の谷間に沈ませた肉棒のカリが、尻肌と擦れて、想像以上の快感をもたらした。引き抜くにも、腰に力を入れなければならない。ヒップはくねくねと左右に動いた。

「お尻がえぐられる……ううん、太い胴まわりの竿に、エラの張った亀頭冠がついているもの……オチ×チンの括れがすごいわぁ……はああっ、はあ、あぁ……」

少しずつ息を乱して、成海はあえぎだした。

「恥ずかしいので、詳細に言わないでください……んぐっ」

（ヒップの締まりが強い……）

キュッと太幹が尻房に挟まれる。ストロークの大きい抽送は無理があった。そこで、尻スマタの状態を保ったまま、短い距離を往復し、膣裂を突くことにした。

（ん、なんだ、この感覚は……）

「んはっ、だんだん、オチ×チンが熱くなって……きゃふうんっ……」

成海の抜けるように白い太ももが、ブルブルと震えた。

（生地の繊維がほつれている……まさか……）

寅吉は違和感を覚える。ズンズン突くと、ラバーのキレメのようなスポットがあった。

柔らかいラバーの生地に亀裂があるらしい。ありえないと思いつつ、剛直を尻奥でスライドさせた。会陰部が怒張に歪《ゆが》み、摩擦熱でエラが燃えそうな気分になる。

「あふう、んん、いいわ、その調子……」

抽送のペースとリズムが変化して、成海の声が歓喜にしなった。パンッ、パンッと肉太鼓がバウンドし、傘の広いペニスの先端は、ラバーの生地を擦り上げる。

やがて、ピリピリと歪《いびつ》な音が混ざりだす。

（まさか、本当に……破けているのか……）

だんだんと亀頭に温かい液体がまとわりつく。最初は、カウパー腺液かと思ったが、ポタポタと床に滴るしずくを見て、愛液とわかった。

素肌全開の成海の背中に、汗がしぶいた。

「すごい……水着に穴を開けて……あんっ、素敵だわ。もっと力強く突いて！　寅吉さんのオチ×チンで、成海を裸の女にしてちょうだい……身も心も……んんあぁっ……はんっ……滅茶苦茶に裂いてぇ……」

競泳水着はフライバックのため、生肌を隠しているのは桃尻だけだ。今までのセックスレスのストレスが噴き出したのか、成海の態度が別人のように開放的になった。

（オープンな性格が、淫らになった……）

化粧っ気のない雰囲気の身体から、人妻独特の甘い匂いが漂う。

綺麗な肌が汗にうねると、寅吉には人妻のメッキが剝《は》げて、ひとりの熟女として映りだした。グッと情欲が跳ね上がり、股間の剛直は大きくなった。

「ふうん、寅吉さんのペニス、大きくなっているわ……フフフ、すごい。ねえ、早く裸に剝いてちょうだい……そして、いやらしくキスして……お願い……」

成海は思いつく限りの言葉を使って、寅吉を煽ってくる。

（色気が一瞬で、百倍に……）

艶っぽい吐息で見つめてくる表情が、部活のときと別次元にエロかった。長い睫毛を儚げに震わせ、唇を半開きにしていた。

「わかりました……あの、やりすぎたら言ってくださいね」

「ウフフ、暴力的な真似はしないで……美波よりも、成海は繊細な女なの。わかっているでしょ……スパンキングとかしたいなら言ってちょうだい。それから、寅ちゃん……セックスのときは呼び捨てにしてね。成海って呼んで」

ついに、美波とエッチしているときの愛称で呼ばれてしまった。背後から覆いかぶさり、肩紐を外へ引っ張る。成海は腕をとおしてきた。勢いよく生地が捲れていった。ラバー生地が捲れると、シミ一つない絹肌がさらされた。みずみずしい肌は、鎖骨下で急峻を描く。大きなバストラインが出現したのだ。

「えっ、どうして……」

「フフ、気づいていなかったの!?　鈍感ね……」

（え、そんな……成海は隠れ巨乳だったのか……）

どうやら一回り小さいサイズを着ていたらしい。柔らかい生地で乳房の大きさを抑えていたようだ。

「秘密よ……オッパイのほうが感じやすいの……鷲づかみはやめて……」

「ううっ、わかりました……大きくて美しい……」

寅吉はため息をついた。それほど、成海の乳房は膨らみがあったのだ。椀型のまろやかな球体からは、ヒップ同様の妖艶さが漂ってくる。

「いい子ね……あとで吸わせてあげるから、今は下のほうに集中しなさい」

乳房に手を伸ばしたが、制されてしまった。

（そうだな、お尻だけでも存分に堪能したい……）

突けば突くほど、味の出る美女らしい。背中の汗をペロペロと舐め立てて、力強い一撃を打ち込んだ。上半身に結わえている紐をほどく。ブルマ状の生地が裂けると、勢いよく水着は床に落ちた。汗にきらめいて、波打つ裸体の生々しさに息を呑《の》む。

「じゃあ、挿入しますよ……」

耳元でささやくと、成海は瞳を潤ませて笑った。

「言わなくて大丈夫よ。処女じゃないんだから……」

一糸まとわない成海の裸体を眼の前にして、寅吉は沸々と性欲を昂らせていた。背中から桃尻へ戻り両手で尻肉をつかんだ。指が柔肌にめり込む。

「あうっ、前戯はいらないわ……」

寅吉の意図を察したように、成海はヒップを揺らす。

（久しぶりで、大丈夫かな……）

水着を脱がせて、美波よりも綺麗でふくよかな身体とわかる。同じような身体つきはいないなと、つくづく実感した。ただ、相手が人妻であるのも事実だ。どうしても注意深くならざるをえない。変な真似をして、どこかにキズをつければ、謝罪で済む問題ではなくなるからだ。

「意外と神経質なのねぇ……いきなりレイプするかと思ったけど……」

あっけらかんとした口調で言われて、寅吉は膨れてしまった。

「録画を見てください。美波の望むようにプレイしていますよ。俺が慣れていないので、初々しく見えるのでしょうけど。好き勝手はしていません」

「そうだったかしらねぇ……あんんっ……」

左右の尻房を引っ張り、媚裂を確認した。亀頭が二枚貝に接触して、成海は艶っぽい悲鳴をあげる。ドロッと愛液があふれて、怒張を濡らした。

（十分すぎるくらい濡れているな……）

後背位で成海を見下ろすと、生殖本能も目覚めだす。迫り上がる尻の間には、叢《くさむら》の中に湿《しめ》り気のある熟花が咲いていた。野生動物の交尾の映像が脳裏をよぎり、ジンッと怒張が疼く。

「ウフフ、何も考えなくていいわ。美波はあなたにセックスの練習をさせていたのよ。成海には気を遣わないで……満たしてくれるなら好きにしていいわ」

「でも、立ちバックは初めてですよ」

「体位は関係ないじゃない……んんっ、ヒップを叩かないか不安になっただけよ」

成海の言うとおりだった。

乱反射する膣肉は、うねっていた。黒い茂みを擦り上げて、抜き身を沈めていく。柔らかく温かい粘膜が包み込んでくる。寅吉はうめき声をあげて、桃尻に爪を立てた。

「ああん、いい、来てぇ……ああ、太いぃ……」

感極まったように、成海はソプラノボイスを張り上げた。

「成海、声を抑えて……更衣室じゃないからさ」

誰もいないプールでも、獣のようなあえぎ声が外部に漏れれば、誰かに気づかれる可能性はあった。見つかった場合、裸体を隠すタオルも用意していない。

「もう二十一時よ。よけいな心配より、早漏しないほうに注意しなさい」

手厳しい返事と共に、ヌルヌルと粘着力のある媚肉が、肉竿に絡みつく。鋭い締まりの強さに、寅吉はうめいた。

「んん、くお、また、これは……ビリッとくる」

快楽に自然と顔が引き攣《つ》る。

(スッポンみたいな吸いつき方だ……)

美波の筋肉質な締まりとは、一味も二味も違うようだ。

「んんあ、拡げられる感触……久しぶりだわ……」

ググっと成海は背中を反らせる。呼吸が荒くなり、肩を上下させていく。

(うねりも刺激も段違いだ……)

つい、美波の膣と比較してしまう。煮えたぎった粘膜の絡みつきまでは同じである。

だが、膣圧の高さと襞の細かさが桁《けた》違いだ。久しぶりの獲物を待ちかねたように、細かい粒襞が一気呵成《いっきかせい》にまとわりついてくる。しかも、雑巾絞りのごとく、螺旋状にギリギリと捻《ひね》り搾ってきた。

「ぐっ、うう、ふうう……」

侵入をストップさせ、成海の息遣いが落ち着くのを待った。

「んあ、ふう、はあん、ウフフ、どうしたの? はああ、もう降参? 中に射精してもかまわないわ……んあっ、大きくて硬いのねぇ」

「うう、違います……本当にいいのですか!?」

「もちろん……」

桃色に全身を火照らせて、成海は笑った。

(うねりが強くてイキそうになる……三擦り半で終わらせたくない……)

膣筒がきつくペニスを締める。動きがとれないほどの快美な電気が股間から脳髄に流れ、挿入をとめざるをえなかった。

奥にいくほど、締りが強くなるため、子宮膜に届く前に果てそうな気がした。何とか歯を食いしばり、脂汗を流して進んでいく。

「ああんっ、オマ×コを圧迫されるのがいいわぁ……夫のオチ×チンは先細りで、これを感じられないからぁ……あん、いい、もっと来てぇ……あああんっ……」

官能的な上擦ったあえぎ声が、寅吉の脳を刺激する。

(細かい襞が吸いついてくる……やっぱりイキそうだ……)

線状の襞が無数に張り巡らされたような肉壺だった。美波の女筒に耐性《たいせい》を得たうえ、成海にはフェラチオで精液抜きをしてもらった。

それでも、細かい収縮にペニスは歓喜の絶頂を吠えた。

「おお、成海、ダメだ……」

どす黒い劣情の迫り上がりを、寅吉は抑えられない。

「きゃあああっ、あ、あんんっ……いきなりイクなんて……熱いのがぁ。あひいいっ、あああ、うううんっ……あひい……」

強張った女体が力を失い、熱い奔流《ほんりゅう》を受けとめている。淫らに腰をくねらせながら、成海は悩ましくあえぎ声を叫ぶ。分厚い裸体が弓なりに反った。寅吉は腰をギュッとつかむ。精を放つ怒張にしがみつくよう、女襞が強くざわめいた。

「ちょっと！　もう、はあ、ああ……予告なしの射精は、反則だわ……」

ペニスをギュッと搾りたてて、成海は甘い睨みで寅吉へ振り返った。

（ああ、俺が……意識を失うなんて……最悪だ）

短時間に二発の射精は経験したことがない。衝撃とショックのダブルパンチに、寅吉の意識は甘ったるい泥沼に沈んでいった。

気がつくとマットに寝かされていた。メタリックカラーのエアマットに横たわった経験がなく、眼を覚ますと落ち着かない気分になる。

成海は寅吉の上に跨がり、騎乗位の姿勢になっていた。

（なんだろう、この液体は……）

油のような粘性の高い液体が、身体中にまぶされていた。

「ようやく眼が覚めたのね……もう、予告なしに射精して、勝手に失神するなんて……」

呆れたように成海は笑った。

「ああ、ごめんなさい……これは、なんですか？」

淫戯の非礼を詫びたついでに、尋ねてみる。

「ローションマット。わたしが担任教師だった夫を堕とした場所よ。駆け落ちしてから、夫はローションプレイをする元気がなくなってきたわ。仕方がない事情もあるけど……妻の性欲を満たさないのは罪だわ」

成海は尋ねていないことまでしゃべりだした。

（興奮するシチュエーションを……）

豊満な柔らかい乳房が、鍛え上げた胸板を滑《すべ》る。封印されていた成海の豊乳は、美波と同じくらいのサイズだ。ローション特有の粘っこい光と合わさって、淫靡な雰囲気を出していた。

「夫もあなたと同じ体育教師って言ったでしょ。逞しい身体に弱いの。それに、寅ちゃんは成海のツボになる性癖を持っているの……」

「童貞卒業したばかりで、ペニスが大きいってことでしょ」

拗《す》ねたように寅吉は言い放つ。

笑いをかみ殺して、成海は左手の甲を口元にあてた。

「残念ながらハズレ。寅ちゃん、マザコンでしょ？　寝言で、ママのオッパイが吸いたいとか言っていたわ……さっきもマザコン言葉を使っていたし……」

刹那、寅吉の顔が真っ赤になる。

（詭弁《きべん》だ。ハッタリだ。騙《だま》されてはいけない……）

成海は、ただ精力のある男とセックスしたいだけの女である。そう、念仏のように繰り返さないと、劣情がふたたび芽生えてしまう。

「そんなこと言っていませんよ……」

「あらそう？　じゃあ、オッパイは吸わなくて大丈夫ね」

「んぐっ、卑怯ですよぉ……くおおっ……」

妖しく微笑んで、成海はヒップで肉竿を擦り上げた。二発の射精でも、相変わらず肉柱はビンビンに硬かった。

「旦那と同じ土俵で、成海を奪いたくならない？　ウフフ、危険日じゃないから、二発でも、三発でも、その若いオチ×チンでメロメロにしてほしいわ……」

柔らかい微笑みで誘惑してくる。

（柔らかいぃ……）

成海の胸と尻は、水飴を塗りたくったように甘かった。乳房を眼の前に垂らされると、ボンヤリした脳が鮮やかに覚めた。

「ああ、欲しいです。マザコンです……俺は」

性欲が先立ち、勝手に相手の言葉を受け入れる。

「聞き分けがいいのね……素敵な坊や。ハイ、オッパイでちゅよ」

酔ったような口調で成海は爆乳を押しあててくる。

（すぐに昇天してしまいそう……）

三十路過ぎの人妻の身体は、美波よりも贅肉があった。万遍なく熟脂肪をまとっている。乳房の肉圧も、完熟の柔らかさで苦にならない。ムラッと肉欲が立ち昇る。

チュウッと乳首を吸い上げると、覆いかぶさる成海の顔がクンッと天を仰いだ。

「ああんっ、いい、もっと、強く吸って！」

ズリュズリュと肉肌を擦ってきた。

（うう、すごい迫力だ……）

あらためて、成海が競泳水着姿になる理由を思い知らされた。

活動中の彼女は、真面目な生徒である。少なくとも、他の生徒の邪魔や悪口を放言することはない。メニューを淡々とこなしている。そんな彼女とは正反対の乱れた姿に寅吉は見入ってしまう。水着によって、成海はボーイッシュのような身体になり、肉欲と情熱を押え込んでいるらしい。

「ううん、弱いわよ！　もっと、嚙み砕《くだ》く勢いで……お願いぃ」

「んぷ、チュパ、チュウ……ぐおお」

「ウフフフ、可愛いわねぇ……寅ちゃん」

馴染みのないローションのプールでは、寅吉の鋼《はがね》の筋肉も役に立たない。ツルツルと滑るばかりで、身動きも抵抗も不可能だった。

成海は両腕を後頭部に巻きつけてくる。

(肉感がすごい……)

乳房を押しつけられ、寅吉はキスマークを刻みつづけた。母性あふれた双乳は、変幻自在に形状を変える。一方で、成海のヒップは肉棒を挟み込んできた。ムラムラッとペニスへ欲情を送ってくる。

「ホラ、ママのオマ×コはこっちでちゅよ……」

なんとか肉槍で相手を貫きたいが、桃尻の球面をつるつると滑ってしまう。角度を変えようとすると、桃尻の谷間に嵌り込む。

「んおお……くうっ……」

極上の刺激に襲われ、寅吉は呻くしかない。

極太の肉棒を挟み込むと、成海は股を微妙に開いてから、ヒップの谷間を狭くしてきた。贅肉は鍛え上げた筋肉にのっている。桃尻に力をこめて、上下されると、膣筒に挿入したような感覚に陥《おち》った。

「ママのオッパイを忘れちゃダメ！　成海はオッパイのほうが感度高いのよぉ……いい加減、わかって……どっちも可愛がってちょうだい」

もどかしそうに、ヒップを揺すられて、亀頭がペチペチと叩かれた。

「んう、はあ、わかりました……ううう……」

「もう、寅吉は手のかかる子ねぇ……」

母性本能を丸出しにして、ゆっくりと乳房で寅吉の顔面を愛撫する。上体を起こした瞬間、豊乳を両手で鷲づかみにする。極上の触り心地が指から広がった。

（弾力性より、柔軟性がある……）

迷いなく乱暴に捏《こ》ねまわすと、成海は右手の親指を噛んであえいだ。今までで最も官能的な姿に、興奮で我を忘れかける。

「んんあ、ああんっ、いいわ、はあ、もう、やんちゃなのね。いいわあ。夫も何もかも忘れさせて……これで……」

騎乗位になった成海は、虚《うつ》ろな瞳で巨尻を落としてきた。鉄よりも硬く充血した剛直を、つきたての餅襞が愛液に濡れて包み込む。

（ぐおおお……一気に子宮まで……）

「んおっ……ちょ、ちょっと深すぎます……」

吸いつくような胸肌の感触と、密着する濡れ襞の圧迫で、寅吉の脳内には、次々と快楽の花火が弾けた。ビクビクと反応する脳髄から、精嚢袋へ熱い情欲の信号を送る。

「いいわ、寅ちゃん。ママのオマ×コに熱いミルクをたくさんちょうだい。まだ、出るんでしょ!?　ああ、太いわぁ……硬いオチ×チン好きぃ……」

いやらしく声をしならせ、成海は射精をせがんできた。

（二発も射精していいのか……）

成海の子宮への吐精の迷いは、一瞬で消される。

グニグニと膣肉が収縮する。成海は愉悦にあえいで、桃尻をねじりまわした。肉ヤスリのような膣輪で肉竿を削《けず》られて、亀頭冠に淫らな快楽の熱が一面に発生した。怒張が牡欲でムックリ膨れる。射精の準備が整い、寅吉は本能に従って子宮頸部に鈴口を押し込んだ。

「ふあああっ、いいっっ、たくさん奥にっ……ああっ、あはんっ、成海、イクッ、寅ちゃんのオチ×チンでイグッ……あああんんっっっっ……」

成海は弓なりに裸体を反らせた。

第三章　人妻だらけのHな水球大会

1

成海との密戯は美波にすぐ見破られてしまった。いつものように女子更衣室で裸になり、肌を重ねたとき、彼女は寅吉から身体を離して、顔をしかめた。

「寅ちゃん、他の生徒とセックスしたの？」

「やぶから棒だな。意味がわからない……」

心臓の鼓動が速くなる。

（女の勘ってやつか……）

成海は癖のある香水やシャンプーを使わない。愛液と汗の匂いは、一日も経過すればすべて洗い流される。どこにも痕跡《こんせき》はないはずだ。

だが、美波の表情は固いままだった。

「セックスしたとして、問題があるのかな」

「あら、開き直るつもり？　童貞を取り去ってあげた恩を忘れたのかしら……」

そろりと肉竿を撫で上げられる。肉棒の裏筋を根元から先端に擦ってきた。高圧の電流に、股間から全身へブルッと震えが伝播《でんぱ》した。

美波の手つきで、寅吉はハッとする。

（すぐ胸に触れたのがまずかったのかな……）

ふだんはどこから触れればよいかわからず、迷うところからスタートする。だが、今日に限っては、迷いなく美波の乳房へ両手を添えた。

「オッパイで寅ちゃんを魅了する女性ねぇ……」

美波は怒っている様子もなく、不敵に微笑んだ。白い指がツウッと肉竿を登っては降りる。やがて、丁寧に亀頭をエラから撫ではじめた。カッカッ、と淫らな熱が怒張に孕む。

（丁寧な指遣いだけど……ううっ、ふだんと違う……）

美波は手戯に時間を費《つい》やさない。

おまけに、手戯は美波より成海のほうが桁外《はず》れに上手い。美波の指は優しくなめらかに肉棒を擦り上げてくる。緩急はなくしごきも弱い。それでも、肉棒はメキメキと逞しくなってしまうのが情けなかった。

クリクリした黒い瞳で見上げられ、厚い唇から、砲弾のように突き出す乳房へ視線を移すと、劣情に脳内が燃え盛った。

美波はため息をついて、視線をそらす。

「はあ……成海さんとセックスしたのね……」

「うう、よくわかるな……」

「部活のときからおかしいと思ったわ。美波の指導が終わったら、すぐに成海さんの相手をしていたじゃない。ギクシャクした感じもなかったし、ピンときたの。それに、手愛撫を彼女は自慢していたから」

「へえ、そんな話をするときがあるのか……」

意外な一面を垣間《かいま》見た気分だった。まさか寝屋のことまで話題にするとは想定外であった。

成海の来歴は、美波よりも波瀾万丈《はらんばんじょう》である。本人の話によると、水泳部に在籍していた頃の顧問と恋仲になり、駆け落ちするために高校を中退した。しばらくは、親戚とも交流を断ち、夫は別業界の職に就いたらしい。やがて、成海の両親と復縁して、経済的にも安定した生活になったため、定時制高校に入学した。

美波は女子更衣室の窓枠に手をついて、寅吉に桃尻をさらす。

「成海さんなら、ヒップを印象づける後背位でしょ。美波のバック姿はどうかしら？」

「綺麗だよ。ううっ、なんのつもりだ……」

「寅ちゃんのオチ×チンは、成海さんに渡さないわ。美波だけのモノよ。ね、そうでしょ？　誓ってちょうだい。セックスは許すけど……ね」

「二股をかけるつもりはない。俺はいつも美波だけを見ているさ」

「嘘よ。どうせ、成海さんが裸になれば、同じことを言うわ」

スレンダーで引き締まったヒップは、シャープな丸みがある。成海と比べればふくよかさに欠けるが、若さあふれる魅惑に輝いていた。寅吉は自然と手を伸ばしてしまう。

「もう、すっかりエッチになって。お触りは、誓約の印《しるし》ね……ウフフ、ああ、んんっ……」

美波の強気な眼が妖しく曇った。

（美波も夫とはセックスレスが長そうだな……）

最近は、当たり前のように交差をねだってきた。寅吉は、結合を回避するために、キスや愛撫を繰り返したが、結局は性器の嵌め合いになる。まるで、セックスするというオチが結末であるようだ。

「ふう、焦らさない貪りも、たまにはいいわ……ああ、ああんっ……」

美波と成海は夜の営みの内容も、細かい点まで会話のネタにしているらしい。

（ああ、美波のヒップはいいな……）

つるりと剝きたての卵のようなみずみずしさが伝わる。手のひらで撫でまわすと、感じ入った美波の声も艶めきを増す。水と汗に濡れる背中にロングヘアが貼りついた。

お互いにしっかりと肉感を楽しんでいく。

「バックから挿入していいのかな……」

「もちろん、いいわよ……久しぶりだから、ドキドキするわ……」

チラチラと美波は濡れた瞳でこちらを振り返った。

（大丈夫かな……いきなりペニスを生で挿入しても）

類まれな大砲を受けとめるのは容易ではない。だが、桃尻を左右に分けると、よけいな心配は吹っ飛んだ。果肉からは淫汁がこぼれていた。怒張をあてがうと、火傷《やけど》するような愛液が滴ってくる。

「ウフフ、淫乱なオマ×コにした責任は、寅ちゃんにあるわね……」

「うう、どうせ、全部、俺の責任ですよ……」

渋い表情をつくり、寅吉は亀頭を花弁にあてがう。膣襞に怒張をあてがうと、美波は眼を閉じて、少しだけあごを上げる。

（うう、なんて淫靡な……）

二枚ビラは軟体動物のようにうごめき、亀頭冠にまとわりつく。寅吉はグイッと桃尻をつかんで股間を押し込む。待ちかねたように肉襞がいっせいにペニスへ巻きついた。ビリビリと強い刺激に、寅吉は奥歯を嚙みしめる。

「いつもより締まりが強いな……」

「気のせいよ……んあっ、ああんっ、太いとズシンて来ちゃうわぁ……たまらないぃ……成海より激しく突いていいわ。奥までちょうだい。好きなようにやっていいわ。そ、その調子よぉ。くうっ、あっっ、んんあっ……」

今までの美波とは別人に見えた。成海への対抗心が伝わってきた。

（いつも、やり方に口を出すのに……）

美波が淫戯の手練れというのは、セックスすればわかる。それでも、経験値の差はセックスの余裕やゆとりの差となる。肉体の貪りだけなら美波より成海に軍配は上がるのだ。

（それでも……うう、エロい……）

美波には成海でも持ちえない魅力がある。西洋人形のような彫りの深い顔と、挑発的な黒い瞳。スレンダーなボディラインだけが生み出す若々しい曲線美。

「どうしたの……寅ちゃんだけよ……美波を好きにできるのは……」

甘ったるい声で美波は誘ってきた。

（うお、もう、抑えられない……）

成海よりも自分のほうがいい女。そんな彼女の独占欲と嫉妬を感じた。男側の寅吉には、嬉しい限りの悲鳴になる。背後から胸房をすくい上げる。乳首を指先で擦ると、すぐに硬くなった。久しぶりの体位に感度も高くなっているようだった。

「はあんっ、んあっ、いいわっ。ああんっっ……んはああっ、あっ、あんんっっ……」

括れた腰をしならせて、美波はしきりに声をあげた。

「んおっ、くうっ……複雑に吸いついて……」

受け身の美波のヒップが、淫らにうごめく。太い肉柱を呑み込んで、複雑なうねりを作り出してきた。グルリと愛液を挟んで、亀頭冠のエラがこじられる。甘美な快楽が腰回りに押し寄せた。

「ずいぶん、積極的だな……だが、これじゃあっというまにイクよ」

「早漏はいつものことじゃないの……ホラ……出していいわ」

黒髪を振り乱して、美波は桃尻を螺旋状に動かす。次々とやってくる快楽をしのごうとして、寅吉はたわわな乳房を両手で捏ねまわした。

「ああんっ、ジンジンくるう……突き上げてぇ……」

少し早いような気がしたが、ストロークの長い抽送を開始する。

ズンッ、ズンンッ……ズブズブ……。

「逞しいオチ×チンて素敵ぃ……あはああんっ……いい、いいのぉ、壊れるくらい強くしていいのぉ。はあっ、あぁ、はっ、はあっ……」

濃艶に息を吐いて、美波はぽってりした唇を物憂《ものう》げに開けた。

(すごい乱れ方だな……)

成海への対抗心から淫らな姿を演じているなら……と想像すると、嬉しくて仕方がない。

男冥利《みょうり》につきると、肉槍で子宮を刺しまくった。

（美波には成海にないものがある……）

　二十二歳の人妻の身体は、スレンダーな分、膣筋肉による締まり具合がなめらかである。三段階の締まりが一般的ならば、美波は十段階に使い分けてペニスを絶頂に導いてくる。

　鈴口にザラメの襞がくっついて濃厚な刺激をもたらす。早くも射精欲がほとばしりそうになった。淫らな欲望がのたうちまわる。

「ぐお、ちょ、早すぎるぞ……イクッ……」

「いいわよ……あんっっ、はあんっっ、太いので思いっきり突かれて、美波のオマ×コも痙攣しているからっ……たくさん注いでぇ……ああんっっ」

　卑猥な言葉まで、平気でしゃべりだした。

（焦らし合うはずなのに……昂り合うセックスになるとは）

　成海のセックススタイルにも慣れておこうという意図は透けて見えた。互いにセックスアピールの縄張りは侵《おか》さない約束でもしていたらしい。

　ふたりの肉がもつれ合い、擦れ合い、抱きしめ合った。

「うぐっ……イクぞ……」

　ズンッと寅吉は腰を一気に突き出した。

鈴口が美波の膣筋肉にギリギリと締められて限界まで膨らみ、ドピュウッと白濁液を噴出した。子宮の壁を叩くと、美波はスレンダーな裸体を骨が抜けたようにぐったりとしならせる。脚の指先からみずみずしい肌がピクピクと小さな波を打ちつづけた。

「ああーーんんっ、熱いぃ……美波もイクッ……イクッ、はあっ、あうっ、んんっ、んんぐっ、ああんんっ、イグッ、イグイグッーーっ……んああっっ、一杯出たのねぇ、はあっ……」

甘えたようなあえぎ声をこだまさせて、汗で刷毛塗りの裸体をくねらせる。

息を整えながら、美波と寅吉は互いの身体を密着させ、キスマークを刻み合った。

甘い匂いと女香を思いっきり吸い込み、堕欲に身体を委ねる。

（これで、しばらくは美波とのセックスで収まるだろう……）

ところが、その翌日に事件は起こった。

部活開始前の十五時に、寅吉はプールサイドへやってきた。柔軟体操をしていると、麗美な婦人が現れた。

（あれ、篠田さん……こんな時間に珍しいな）

篠田真凛だった。ほとんど会話をしていなかったが、真凛の経歴は耳に入っている。

大人びた妖艶な容姿から、中学生の頃にスカウトされ、水着や洋服のモデルで活動。

事業家の娘で、母親の助力でベンチャー企業を設立した。今では寅吉も聞いたことがあるくらい、有名なブランドメーカーになっている。

「こんにちは、先生。ふだん、こんなに早くいらっしゃるのですか？」

「ええ。事前に身体をほぐしておくので。部活前に授業があれば、戻りますけど」

適当に受け流す。寅吉は真凛の出現に違和感を持った。

（真凛さんこそ、授業前に来るなんて珍しい）

机上授業の出席率は百パーセントであるものの、水泳部には来たり来なかったりの日が続いていた。一度、本気で注意しようかと思った矢先だ。

彼女は、現役のモデルであり、ブランドメーカーの代表取締役である。そのせいか、教頭の美緒は何も口を出さない。成海や美波ですら、かなり気を配っているようだった。

「今日は、先生にお話があって早く来ましたの」

「そうですか……わたしも真凛さんと話し合う必要があると思っていました」

「まあ、そうだったの……タイミングがいいわね」

真凛はプールサイドにあるベンチに座った。

（唯我独尊《ゆいがどくそん》なのか、マイペースなのか、わからない人だな……）

いきなり名前で呼んでも、真凛は顔色も口調も変えなかった。四十歳と聞いているが、長年のモデル業が活きているせいで、二十代前半の女子大生に見えた。

セミロングヘアを肩口に流す顔立ちは、バランスよく、清楚と高潔さがそなわっている。美波のようなインパクトのある眼や、成海の持つ人懐っこい小顔の要素はなく、古風な印象を受けた。それは、完成度の高い美人とも言える。

「先生のお話からどうぞ……何かしら……」

「ええ、真凛さんの出席率のことです……」

特に真凛は表情を変えずに、視線も合わせようとしない。

(全身からフェロモンが出ているなあ……)

横に座って見ると、フルーツカラーのプランジングの水着姿から、甘ったるい色気が漂ってきた。ずっと眺めていても飽きさせない魅力がある。

知性的でキリッとした切れ長の瞳、整った高い鼻梁、薄い唇で構成された顔立ちは、美貌そのものである。全体的にふくよかな身体つきも、均整がとれて、抜群のプロポーションになっていた。

ゆっくりと真凛は寅吉へ顔を向けた。

「いい水着でしょ？　アラサーの奥様向けに販売しようかと思っているの。感想があったら、言ってくださいね。オッパイがよく見えるから、眼の保養にはなると考えているわ」

「ちょ、からかわないでください……」

ニコリと笑って、真凛は前を向いた。

(視線に鋭いな……)

前面の胸元は深いV字状にカットしている。ノースリーブのため、絹肌の乳房が横から見えた。いかにも柔らかそうな膨らみはシミ一つなく、弾力性も充分ありそうだ。

「仕事の関係で、出席できないことは教頭に相談済みです。新任のあなたには伝わっていないようだけど、わたしは形式上の部員よ」

「それなら、他にも体育の授業はありますけど」

定時制高校には、体育の種目も数多くあった。得手不得手《えてふえて》があることを考慮して、選択制にしている。数学や語学と違い、履修範囲を好きに選べるのが、体育のいい面と思っていた。

真凛はなで肩をすくませる。

「寅吉さんには悪いけど、ビジネスの場にしているの。つまり、新作水着の披露会。市民の方の口コミやアンケートもいただいています」

「な!? それは教頭先生に……」

「もちろん、話してあるわ。あなた、ご存じないようですけど、夫は篠田建設の社長を務めております。こういう話はしたくないけど、使えるモノは利用する主義なのよ」

真凛の返事で、寅吉の中にあった疑問が氷解《ひょうかい》する。

(このプールを建設した会社社長の奥さん……)

水泳部が大きな顔で市民プールを借りていること、開放期間以外は自由に使えることと、開放時間を自由に変更できることなど、すべて得心がいく。

なぜなら、篠田建設は、施設の保守や管理の受託事業も受注しているからだ。

「まあ、察しのいい寅吉さんなら、もう、いいわよね」

チラッと真凛は寅吉の顔を見た。

「ええ、大体わかりました」

力なく視線を落とすと、肉感のある白い太ももが飛び込んできた。

(うお、きめ細かいなめらかな肌だ……)

若さあふれるみずみずしい肌質とは違う。一日も手入れを忘れず、食事や体調管理、適度な運動、筋トレによってのみ得られる、シミ一つない絹肌であった。ギスギス感もなく、むっちりとした白い脂が、桃尻から太ももにのっている。

「じゃあ、今度は、わたしの番ね」

手持ちのポーチから、スマートフォンをとり出した。手際よく動画リストをたぐり、寅吉に画面を向けて再生する。見慣れた光景に寅吉の身体は凍りつく。

「あなた、このベンチで、セックスなんてしちゃダメよ」

ズンッと寅吉の心がえぐられた。

まるで、母親に人生の訓戒《くんかい》を説かれたようなショックが、重くのしかかる。罪悪感に、身体全体が硬直してしまった。

(どうしてバレた……)

もはや、疑問に対する答えは自明《じめい》の理《り》だった。

篠田真凛は、市民プールのプライバシーを隅から隅まで掌握《しょうあく》している。覗きや噂話、目撃者などの信頼性が低い情報とは、何もかも異なる。

監視棟でモニタリングしている館内設置のカメラ情報を記録したのだろう。

何も言いわけできないため、寅吉は黙って頭を下げた。

「そんな人生が終わったような顔をしないで」

「でも、俺は成海と……」

画面には、ケダモノと化したふたりの生々しい映像が流れている。

「男と女が、裸に近い状態で、そばにいれば、セックスするわよ」

ネチネチと説教でもされるのかと思いきや、真凜はサバサバしていた。アッサリしすぎた口調には、哀れみや同情の念は感じられない。寅吉は驚いてしまった。

（しかし、教師が人妻生徒と不倫の肉体関係を……）

「誘惑に負けた俺の責任です。今日で顧問も教師も辞めようと思います」

「待ちなさい」

ピリッと緊張感が漂う。往復ビンタでもされるのかと寅吉は歯を食いしばった。

だが、真凜の手は寅吉のトランクスのテントを擦っていた。

「ペニスを憎んで、人を憎まず。わたしの座右《ざゆう》の銘《めい》のひとつよ」

「すごい信念ですね」

素直に感心してしまった。社長業を務めるために、真凜は寅吉が想像もできない苦労も味わったのかもしれない。簡単に口にできる言葉ではなかった。

真凜は、さらに衝撃的なことを言った。

「すでに、昨日の時点で水泳部の生徒には、寅ちゃんのことがバレているわ。一度、忘れ物を取りに戻った生徒がいるの。市民の奥様生徒で、ふたりのセックスを目撃したらしいわ。この動画は、生徒の録画で、わたしに送られてきたの」

「真凛さんに……どうして……うぐっ……」

甘い香水が匂い、顔を上げると、麗美な真凛の顔がすぐそばにあった。唇が触れそうな距離感で、寅吉は胸を高鳴らせた。トランクス越しになぞる手の動きは、もはやプロフェッショナルの領域すら感じさせた。

「わたしが、水泳部の部長だからよ」

寅吉の頭が真っ白になった。

(教頭先生にまで騙されていたのか……)

監督者がいないから、顧問になってほしいという前提が、音をたてて崩壊《ほうかい》する。では、美緒の目的はなんだったのか。不安と疑念に、力が抜けていった。

「難しいことを考えないで。問題は、特定の人妻とセックスしたことなの」

「全然違うと思いますけど……こおお……」

「いいから、わたしに任せなさい。ウフフ……元気ね。他の生徒も、寅ちゃんのペニスを狙っているの。混乱をうまく収拾するアイディアに、今日、のってくれれば、教頭先生にもオフレコにしておくわ」

そのとき、美緒が禁断の密戯を把握していないと、初めて知った。

（何をやらせるつもりだ……）

この時点で、どんな提案でも真凛の言うことには逆らえないと悟《さと》る。熟れた美悪魔の微笑みに、底知れぬしたたかさを感じた。

真凛は寅吉をベンチに寝かせた。

「夫も忙しくて……わたしもセックスレスなのよね」

ポツリと妖艶な人妻はささやいた。寅吉の心に嫌な予感が降って湧いた。

「さっきのアイディアを教えてください」

「せっかちねえ。言ってもいいけど、生徒がいなければ意味ないわ。安心なさい。わたしの言うとおりに動けば、悪いようにはしませんから」

「だったら、何をこれから……こおっ……」

トランクスを脱がされる。ビンッと力強く、劣情の詰まった肉棒が飛び出して、先走り汁を光らせる。真凛は口元に笑みをたたえて、黒髪を揺すった。谷間から見える乳房がゆらゆらと跳ねた。ベンチに乗って、前かがみの姿勢になり、顔を埋めてくる。

（うう、フェラチオか……）

薄い唇が亀頭をキスして、やさしく先走り汁を舐め上げてくる。熱い快楽が肉棒に直撃した。真凛は右手で肉棒をつかんで、下唇をあてたまま、ジッと寅吉を眺める。

よく見ていると、ほんの少しずつ、顔と舌は動いている。ピリピリと鋭く爛れた電気が走り抜けた。

「ふうむ、いい味……あなたの絶倫の程度をチェックさせて。ウフフ、わたしも物足りなくて、自慰をしていたの。忍耐力、精力は外見から判断できないのよね……」

「な!? でも、俺は……んおおっ、燃えそうだぁ……」

ジンジンと怒張が疼き、寅吉は顔を歪める。

「うっ、はうむっっ……ちゅっ、んっ、んんんっ……」

スローテンポで、真凛は亀頭を舐めてきた。美波よりも緩慢《かんまん》なスピードで、怒張の先端をピンポイントに舌先がクルクルと回った。こなれたリズムから、経験豊富で自信があるようだ。

(焦らしているようで、しっかり刺激する……)

子供のように寅吉はあえぎ、腰をよじらせる。しかし、両手でがっしりと肉幹を握られては、相手から逃れようもなかった。ペニスを弄る熟女の顔だけで、昇天しそうになる。

「フフフ、わたしが咥え込む前にイカないでね……早漏先生……」

「うう、くあっ……もう少し早くお願いします……」

あまりにもゆっくりとしたフェラチオに、つい、寅吉はせがんでしまう。

「急がないで……せっかちな男より、忍耐強い男になって……」

無茶な台詞《せりふ》にも、寅吉は頷いてしまった。

チュッと強く吸い上げる刺激と、悩ましいエロティックな姿に、腰が大きく跳ねる。熱い息がかかり、ゾクゾクと陰嚢が震えた。亀頭の範囲に舌があたると、寅吉が快感によがるまで、ねぶってくる。

(たどたどしさがまったくない……)

彼女の動作には、戸惑いや焦りが見られない。手と舌、唇の動かし方に無駄がなく、アイスクリームを舐めるように楽しんで咥え込んできた。

「んおお……」

「んふっ、精嚢袋までは咥えられたことなさそうね……はあうっ、うむっ……」

肉柱を舐め下ろしたまま、真凛は玉袋まで口内に含めた。玉を甘噛みされる心地に、ミリミリと脳内に亀裂が入ったような気がした。

十本の指は与えられた役割を楽しく謳歌《おうか》し、舞っている。片方は怒張を摘まみ上げては撫でまわし、もう片方は、巧《たく》みな力の塩梅《あんばい》でしごき上げてきた。

ドロリと熱い先走りが鈴口を伝う。

「チュル……ふうん、もう、お漏らしが早いんだから……」

「ああ、このままだと出てしまいます」

無理のないフェラチオと手コキが、寅吉に休む時間を与えずに刺激を送りつづけてきた。

（少しは、自信をつけたつもりだったが……）

熟練の美女相手に、寅吉の男としての自信は砕け散った。

「いいわ。顔にかけたいのかしら……それとも、ゴックン？」

チュパッと口を離して、真凛は尋ねてきた。

危うく、寅吉は顔射したい、と言いそうになった。

（いやいや、ありえないだろ……）

相手は有名ブランドメーカーの女社長である。柔らかい笑みで誘惑してくれているが、下手なことをして、恨みは買いたくない。だが、どこかに射精しなくてはならない。

売り出し中のブランド水着を、精液で穢《けが》したくはなかった。

「顔射したいのが本音ですけど……」

「ウフフ、プールサイドの掃除をしている時間はなさそう……たくさん出そうだもの。

そう、ゴックンね……フフフ……いいわ……はあっっ……」

真凜は搾り上げるように、肉竿をつかむ指の力を強めた。

時計を見ると、十七時近くになっていた。まだまだ、十分にあると思ったが、時間はあっというまに経過していた。

「んお、おおう、まずい……イクッ……」

寅吉は情けない声をあげた。

絶頂までの最短記録を更新してしまう。男としては悔しい限りだが、真凜の舌遣いやキスするポイントは、すべて肉樹の性感帯だった。野太い亀頭が狭い唇輪に包まれると、ヌルヌルと温かい粘膜に搾られ、熱い白濁液が噴出した。

「んん!? ふうんっ……んんーっっ……んぐっっ……んぐっ、ぐっ、んぐうっ……んっっ、んっっ……ぷはっっ、あんっ、濃いわねえっ……」

真凜は静かに眼を閉じて、睫毛を震わせながら、喉をうごめかす。ゆらりと顔を動かして、巧みに唇を窄めてくる。

(慣れているな……んおお……)

最小限の動きで、最大限の快楽を引き出してくる。

グイグイと亀頭冠から引っ張られて、後汁まですべて出し切ってしまう。粘性が高い白濁液を嚥下するとき、真凛は懊悩に眉根をキュッと寄せた。

艶めかしい姿に興奮して、寅吉は熟女のフェラチオを眺めていた。

プライド高い女社長が、自分の股間に顔を埋めて、精液を搾り取っている。そう想像するだけで、出し切った肉棒は萎えるのをやめた。

「ふうう、元気そうね。これなら、問題ないでしょ。ふう、ふうう……じゃあ、今日、先生にやってもらうことを説明するわ」

失神するほどの快楽に、寅吉は何のことか忘れていた。

「ああ、真凛さんのアイディアですね。わかりました……」

寅吉は相手を名前で呼ぶことに慣れてしまった。

「じゃあ……」

起き上がると、真凛は手の甲で口元を拭《ぬぐ》い、妖艶な微笑みを浮かべた。

2

水泳部内の競技会を真凛が説明すると、生徒たちからどよめきが起きた。美波と成海が所用で不在だったのは、不幸中の幸いと言うべきか。

「例の件で、妙な噂が広がってしまった以上、隠しごとはよくないと思い、今回の話になりましたわ。すべて、公平にするのが最善と考えます。異存はありませんね？」

「はーい」と生徒全員はすぐに返事をした。

ふだんはまったく喋らないので、真凛が抑揚《よくよう》のあるプレゼンをすると、寅吉は驚いてしまった。

（こんなに大きな声を出して、堂々と話せるのか……）

いつも幼児用プールに浸り、身体を休める真凛の表情とは別人だった。

「一位の方から、順番に先生と仲よくなれる活動日を設定します」

「ちょっと……真凛さん。一度きりの話ではなかったでしたっけ？」

「花火大会じゃないのよ。人妻の性欲を馬鹿にしているでしょ」

「そんなことは……うっ、なんか怖い……」

チラッと寅吉は人妻生徒たちを見た。

（今にも食べられそうな気分……）

彼女たちも、美波や成海と同じように、セックスレスに悩んでいると聞いていた。

そうでなければ、成海とのママゴトプレイに興奮などしないと、真凛に言われてしまった。

ふだんはおっとりした雰囲気の人妻たちが、舌舐めずりをして、眼をギラギラと光らせている。俗にいう、肉食系の女性たちの雰囲気だった。もはや、寅吉は草食系男子になっていた。

「じゃあ、先生。説明したルールでいいわね。最後は水球をやって、伽役《かやく》初日としましょう」

「水球!?　やったことない人たちには、危険な競技だと思います」

「知らないの？　彼女たちは、全員水泳部出身よ。大学時代に、全国大会まで出場した選手もいるわ……ルールは先生より詳しいかも知れないわよ」

呆れ顔で真凜はため息をついた。

（教頭先生、なんで教えてくれなかったんだ……）

寅吉は内心、美緒を恨んだ。

だが、真凜の説明を聞いて、複雑な気分になった。

彼女の話す水球は、一般的な競技と内容が違っている。

（大丈夫かな……）

「プール中央に、先生が立って、水球を抱《かか》えています。みなさんは、プールの端からいっせいにスタートして、彼から水球を奪い取ってください。最初に水球を手にした

ゆい。

「人に、今日、ふたりっきりになってもらうわ」

真凛の説明が終わると、キャーと黄色い歓声があがった。羞恥心で顔を両手で覆っている人妻生徒もいた。どの生徒も嬉しそうな表情をしているのが、寅吉にはこそばゆい。

（悩ましいくらい、いい身体をしているものだ……）

美波、成海、真凛は、勝手に好きな水着を選んでいたため、プロポーションや性格が透けて見えた。他の生徒は、濃紺の競泳水着でお揃いだったため、寅吉の眼を惹《ひ》かなかった。

だが、今は違う。よく見れば、彼女たちは美人揃いではないか。

三人よりも肉感的な身体つきに、寅吉の視線が引き寄せられる。どの生徒の身体も引き締まって、大ぶりな胸と尻を重たげに揺らしていた。

「先生、今から鼻の下を伸ばさないでね。みっともないから」

「そんなことを言わないでください。俺は賛成なんて……」

ジロッと真凛が悋気《りんき》の瞳で睨んできた。

（こえぇ……）

四十歳の女社長だけあって、怒気《どき》を視線で投げられると、有無を言わさない迫力があった。

　寅吉は黙って頷いた。

「ええ。承知いたしました。みなさん、怪我だけはしないようにしてください。危険な行為と判断した場合は、退場していただきます」

　はーい、と生徒たちは機嫌のいい返事をした。

（変なことにならなければいいけど……）

　悪い予感がするときは、必ず何かが起きる。

　今回は、最悪の事態が起こってしまった。

　その始まりは、競技が水球からスタートしたことだ。

「え、競泳からやるのでは？」

「ヘトヘトになってから、水球させるつもりなの……最低な男ね」

（まあ、あなたが提案した競泳なら疲れるだろうな……）

　なぜか、彼女は競泳を五百メートルの長距離にした。無論、体育教師から見て、科学的根拠はゼロである。念のため、本人に確認しても、思いつきと返ってきた。寅吉には、水球競技を優先させたいからではないか、と薄々感じていた。

「じゃあ、最初は水球からやります」

生徒は真凛をのぞいて十四名だった。

プール中央に浮かべたマットに横たわり、ボールを抱える寅吉。教師からボールを奪って終わりではない。前半二十分、後半二十分で、試合を行う。勝ったチームのメンバーから活躍した選手を選んで褒美を与える。ボールを奪った選手が今日の褒美対象者だ。

褒美は、寅吉とセックスする権利であり、競泳勝者と混合させて日程を組む予定だ。

(俺に興味があったのか……)

褒美をもらった場合の辞退者がいないか、確認した結果、ゼロだった。生徒たちが自分に肉体的好奇心を抱いている。そう聞かされたとき、女性恐怖症は完全に治っていた。

肝心の真凛は参加意思がなく、幼児用プールでスイスイと泳いでいた。

「はい、スタート!」

ギュッと寅吉は眼をつぶった。胸に抱えたボールを取られたくなかった。

(これ以上、不倫はできないだろ)

現時点で、三人の人妻と淫戯を交わしている。

二人とは濃厚なセックスまでしてしまった。水泳部の生徒と次々肉体関係を結んだ日には、免職で済むレベルから大きく逸脱《いつだつ》してしまう。

（近づいてきた……）

左右からバシャバシャと水を掻き分ける音が耳に届く。鋭い視線が脚の先から頬まで射抜いてきた。エアマットが揺れはじめる。

彼女たちは、チーム内でも譲り合おうとしていないのがわかる。

「あなた、邪魔よ。どきなさい」

「のろまな人は、脇に行ってよ。ボールが見えないじゃないの」

彼女たちは、文句を言って他人の進路妨害に躍起《やっき》になっている。

（これが、ハッピーエンドになるんでしょうか？　真凛さん）

人妻生徒たちの隠れた肉欲を剝き出しにしたことが、いいことなのか、寅吉には判断ができない。ただ、寅吉自身がハッピーになることだけは確信していた。

やがて、十四人の人妻生徒が、マットに襲いかかってきた。

「うおお……ぐっ……」

左右の腕に、柔らかいものがあたった。

（オッパイじゃないのか……）

真凛の命令で、彼女たちの羞恥を煽らないため、ボールを奪われるまでは眼をつぶると約束していた。

競泳水着越しに、ムニュムニュと柔らかい感触が、頰を挟んできた。

（今度は顔か……うう、大きいな……）

豊満な球体は、寅吉の頰にあたると、素直にひしゃげる。乳首の尖りが身体のあちこちを擦り、ゾワゾワッと愉悦に浸る。

「先生、ボールを離しなさいよ……シタいんでしょ……」

「わたしは、赤ちゃんセックスが得意だわ……」

「二度と勃たなくなるまでイカせてあげる……」

奪い合いの力比べから、今度はささやき合戦になっていた。

（どういうこと!?　人妻のテクニックなのか？）

屈強《くっきょう》な腕に挟まれた水球を、容易に奪取できないと思ったのか、人妻生徒たちは、甘いしなった声を使い、耳元でささやいてくる。

「先生の好きな体位になってあげるわ。やっぱり立ちバックかしら」

「あら、もう勃起しているわ。可愛い……」

「高校生みたいな顔をしているのに、夫より逞しいペニスだわ」

「アナルでもセックスしていいわ」

どの声も聞き覚えがあるものの、顔が浮かんでこない。

（ちょ、誰だ、トランクスを……）

内心、寅吉は焦りに焦った。

人妻生徒たちは、協力してトランクスを脱がしにかかっていた。現段階では性戯に入っていないのだ。教育の場で裸体になれるはずもない。

「ちょっと……トランクスを引っ張るのは、やめてください」

いななくように叫ぶと、生徒たちはドッと笑った。

「やっぱり可愛いわね。普通は喜ぶはずだけど……」

「初々しいわぁ。夫ともこんな時期があったんだけど……」

「引いてもダメなら、押すしかないわ……みんな、協力して……」

最後の言葉が気になった。

（どうするつもりだ……んおお……）

寅吉の股間に激震が走った。

（ちょっと……触らないで……）

五人以上の手が、トランクスのテントを擦ってくる。すでに、周囲の肉感ボディから刺激を受けて、肉棒はそそり立っていた。

「あう、ちょ、やめてください……」

「先生、気持ちいいでしょ。我慢はよくないわ……」

「早く拝みたいわ。動画じゃ、生々しさがわからないから……」

クネクネと腰をよじると、キャアッと歓声があがった。

（なんとかならないかな……）

情欲を抑えられないことに腹が立ったが、股間を人妻に触られて、気持ち悪いはずはなかった。彼女たちは、こなれたように胸をスリスリしてくる。

それでも、水球を渡すわけにはいかなかった。

次第に、彼女たちの手つきが荒々しくなる。

「おお、ダメです。それだけはやめてください……」

寅吉は泣きそうになった。

「いいじゃないの。あの世にいくほど、気持ちよくしてあげるから」

「そうそう……成海さんや美波さんには負けないわ」

「こっちはいつも準備万端なの……早くセックスしたいでしょ？」

とんでもないことを平然と言いながら、今度は人妻たちの指がトランクスのチャックのボタンにかかる。両脚に腕が巻きついて、乳房が触れると、力が抜けてしまう。

(動きがとれなくなっている……)

力では女性には負けないと思っていたが、十人ぐらいにトランクスと両脚をつかまれては、どうしようもない。

チャックをとめていた二つのボタンがアッサリと外される。

ブンッとうなりをあげて、巨大な肉柱が空気にさらされた。冷たい感触ののち、婦人たちの息に、肉竿が熱く燃え上がる。視線を感じてピクピクと震えてしまう。

「きゃあ、大きい。こんなオチ×チン、この世にあるの!?」

「あのふたり、よくこれを咥えこんだわね。わたしは、自信ないわ」

「あら、気後《きおく》れする方は退場してください。元気の塊みたいな屹立を見ると、興奮してたまらなくなるの。もう、しゃぶっていいかしら」

歓声に紛れて、過激な台詞が混じりはじめた。

(頼むから、ここでフェラチオはやめてくれよ……)

寅吉は神に祈った。

しばらくの間、沈黙の時間が流れた。

(みんなで鑑賞タイムか……)

屈辱と羞恥に、寅吉はハラハラと気を揉んだ。

いくら眼を閉じていても、ペニスに視線が集中しているのはわかった。水球を取ろうとする勢いも心なしか、弱まったように感じた。

人妻たちの胸は、ピッタリと顔や腕について離れない。

「はああ……うう……いいわぁ……」

「惚れぼれするわねぇ……うう、疼いちゃう……」

ヒソヒソと耳元で艶っぽいささやきを繰り返されて、ゾクゾクと背筋が痺れた。

(セックスの妄想タイムか……)

水の流れから、人妻生徒たちは、絵画を鑑賞するように立ち位置を変更しているようだ。波面は穏やかにならず、一定の周期で揺らいでいた。

ジットリと彼女たちの温もりが、押しあてられた乳房から伝わってくる。熱い息を股間に吹きかけられて、ピクピクと怒張が震えた。

「こおお……ちょ、何をしているのですか……」

誰かの指が、肉竿に触れてきた。

当人と思われる生徒が、口を尖らせる。

「いいじゃない、先生。気持ち悪いっていうの?」

「いえ、そういうことではないですけど……」

年上の夫人を相手に、強い口調で怒れなかった。

寅吉の弱気な態度が、人妻たちのやる気に火をつけた。

（なんか、視線が強くなったような……）

刹那、ドクンッと股間が弾ける。

「ぐお、ほおおう……」

今度はしっかりと手で擦ってきた。指先から、手のひらの感触を肉竿が伝えてくる。

快感がつき抜けて、うめき声をあげてしまった。

キャア――――、と黄色い歓声が最高潮になる。

「お触りしてよかったのかしら……」

「いいのよ。だって、先生がダメって言っていないから……」

「頬張らなければ問題ないでしょ」

勝手なことを言って、屁理屈で既成事実を作り上げてくる。

（恐ろしい……）

だが、すべての原因は寅吉が強気になれないことにあるため、注意できない。千手《せんじゅ》観音《かんのん》のように、股間回りに十本の手を置かれると、途切れない快楽で恍惚となる。

柔らかさも十人十色で、触る力の強弱もさまざまだ。左右から肉樹にはツタのごとくしなやかに指が絡む。

「ウフフ、ピクピクしているわ……」

「ドクドクと脈打っている。凶暴性がありそう……」

「でも、おめめから涙が流れているわ。濃ゆい涙ね……」

ペニスを手コキする生徒と、ささやく生徒は同一と思っていない。だが、淫戯と呼吸を合わせて、甘く熱い声でつぶやいてきた。

(うう、なんて甘い刺激だ……)

十四人の人妻に囲まれて、寅吉の抵抗力が削られる。

さらに彼女たちの行為はエスカレートした。

「あぐっ、もう、勘弁してください！」

大きすぎる快電気に、寅吉は悲鳴をあげた。

(舌で舐めてきたぁ……うう、一気にイク……)

南北東西から舌がやってきて、赤黒い怒張をペロペロと舐め上げてくる。何が起こったのか、最初はわからないほど、衝撃的なことだった。

「じゃあ、水球を手放しなさいよ」

「ウフ、一気に射精しそう。顔射してもいいわよ」

「わたしがゴックンするわ。噴射圧が高そうだから」

すでに、人妻生徒たちは、寅吉の射精を想定していた。

(残念ながら、ヤバい……)

十本の手と、十枚の舌が、股間を嬲ってくる。舌でペニスが覆われたような錯覚《さっかく》に陥った。唾液のねっとりとした感触が淫らな熱といっしょにペニスへ広がる。

「あまりヤリすぎてはダメよ！　教頭先生にバレたら、佐々木先生が怒られるのよ。加減しないといけないわ。童貞卒業仕立てなの……」

真凜が生徒たちに声をかける。

ドッと人妻生徒たちは笑った。唇から出される音圧ですら、肉柱には刺激の源《みなもと》となる。男根から熱いマグマが迫り上がった。

(出そうだぞ……)

せめて、馬鹿にされた意趣《いしゅ》返しに、顔射してやろうと思い直した。ところが、誰かが肉幹にゴムを着せてきた。避妊具の厚いゴムが怒張を覆う。

「ウフ、射精で顔にかけさせるはず、ないでしょ……お気の毒様」

「そうね……早漏かどうか、確認しただけよ。やっぱり、童貞卒業したばっかりだもの……」

「でも、絶倫ならいいけどね……」

悔しさに瞼の裏から涙があふれた。

(んお……気持ちよすぎて出てしまう……)

ゴム越しでも、ネトネトと四枚の舌に竿をスライドされると、無限の快楽がスパークする。小刻みにうごめいていた寅吉の身体が硬直した。

「あおおお、イクッ……ううう……」

女肌から甘く生々しい匂いが、鼻腔を刺激してきたのがきっかけだった。豊満な乳房でパフパフを繰り返され、ペニスをネットリとなぶられる。

「キャア、たくさん出ているわぁ……さすが、若いわね」

「すごい量……ゴムを突き破りそうな勢いだわ」

「ああんっ……こんなオチ×チンをお腹に欲しいわ」

淫らなささやきに、射精がとまらない。怒張が大きくなっては、ビュウッと線状の粘っこい精液を吐き出す。

(もう、力が入らない……)

筋肉の鎧《よろい》に無数の汗を浮かばせて、寅吉はガクガクと総身を震わせた。直後、水球の奪い合いになる。人妻たちの口調が荒っぽくなり、他人を蹴落とすように呼吸が乱れた。

「うぐ……ぐぐぐ……」

「もう、いい加減、手を離しなさいよ……あ、あああ……」

ブルブルと水球がうなりをあげて、寅吉と生徒たちの手から逃げていった。寅吉が眼を開けると、水球はポーンと弧を描いて、飛んでいた。

ポチャリともう一つのプールに水球は落ちた。

「あら、漁夫の利ね。おあいにくさま……」

濃艶な微笑みを浮かべて、真凜が水球を両手で拾った。

これで、今日、二回目の淫戯を契《ちぎ》ることになった。

（さすがに、俺の精嚢袋も空になりそう……）

気を遣《や》りながら、ボンヤリと寅吉は子種の枯渇《こかつ》を心配していた。

競泳はかつてないほど熾烈《しれつ》を極めた。楽しくのんびりした雰囲気は消え失せて、人妻生徒たちは必死になって、抜き手をきった。

（真剣になると、俺より速いタイムが出そうだな……）

真凜の提案では、一週間のセックスする順番を決めようということだった。ただし、教頭にはセックス目的で居残り練習するなどとは、口が裂けても言えないため、「個人レッスン」ということにした。

「教頭先生も納得するわ。だって、どんな主婦でも、生徒でも悩みはあるもの。逆に、佐々木先生の悩みを生徒が解決できれば、最高でしょ？」

「教師が生徒に、どんなことを相談するのですか!?」

競泳を眺めながら、プールサイドで寅吉は真凛に尋ねた。

（あなたは悩みがないから、気楽に言えるだけでしょ……）

真凛は儚げな表情で腕を組んだ。乳房が両腕で寄せられ、メロンのような大きさに変わった。甘くなめらかな乳肌が見える。

「性欲のコントロールじゃないかしら。ここに集まっているご婦人方は、セックスについて、なにかしらのストレスを抱えているわ」

「恥ずかしくないですか……そういう話って……」

あまりにも豪放磊落《ごうほうらいらく》な真凛の態度に、寅吉はたじろいでしまう。

「日本人は、エッチなことを悪いように考えるのよ。昔からの欠点だわ。背徳感や覗きとか、寝取りとか、盛り上がる要素にはなっているみたいだけど」

オープンスタンスにも、程度というものがあるだろう、とツッコミたく台詞だった。

すると、真凛は滔々《とうとう》と話しはじめる。

彼女はモデルをするために、学業を捨てたことに後悔しているらしい。普通に進学して、恋愛を経験し、大学に通ったら、別の人生になったかもしれない。若いときに、恋人を作っていれば、心身ともに満足して、主婦になっただろう、と真凛は話した。

「詭弁というか、仮定の話をされるとは、思っていませんでした……」

寅吉は正直な感想をつぶやいた。

「人並みに恋愛は経験したつもりだけど……身体を商売道具にするという自覚を持つようになったのよね……そうすると、普通にできていたことが……」

キュッと真凛は唇を噛んだ。

（ああ、そういう意味か……）

貪るような猛々しい男を相手にすれば、胸を鷲づかみにされることもあるだろう。バストとヒップは、非常に繊細な構造のため、むやみやたらに触らせたりすれば、美しい形状は維持できなくなる。

つまり、セックスでも女の扱いが上手い男を選ばなければいけない。

「平凡な男性じゃ、真凛さんの相手は務まりませんよ……仕方ないことです」

「言うわねえ……先生。でも、一番の悩みは年齢だわ……」

開き直ったように、口を開けて笑った。

白い歯が綺麗に揃って、健康的なピンク色の歯茎まで見える。四十歳という年齢は、詐称《さしょう》と思ってしまう。

「水泳で無理な運動をしても、バストラインは緩むだけよね？」

「ええ。どの運動も、やりすぎれば、筋肉より靭帯が伸びますから……でも、全体のボディラインはよくなります」

寅吉は真凛のバストに視線を落とす。

（トップが高いから、よほどケアしているのだろう……）

思わず生唾を飲み込んだ。

美波や成海と違うのは、美意識の高さである。コラーゲンやヒアルロン酸や人工的な施術などに頼らず、若さを維持するため、日常的な小さい心がけの積み重ねの結晶として、緩みのない絹肌が光っていた。

3

真凛の鍛え抜かれたボディラインに見惚れているうちに競泳は終わってしまった。

水球と違い、競泳は順位で褒賞《ほうしょう》を受ける生徒が決まる。

「じゃあ、先生……活動後の個人レッスンをお願いしますね」

顔を上げると、真凛と視線が合った。

劣情のすべてを隅から隅まで見抜かれているような気分になった。生徒たちは満足そうな表情で、プールサイドからいなくなる。

「あそこでセックスしましょう……」

幼児用プールを指さされ、寅吉は頷いた。

（どうすればいいのやら……）

美波や成海とのセックスで身に着いた自信が、すべて消え去っている。

「ウフフ、どうしたのよ。真凛は、まだ、寅ちゃんに本当の悩みを言っていないわ。それとも、察しがついたかしら……」

フェロモンの塊のような声色に、股間が無意識に痺れた。

ふたりが幼児用プールに近づくと、水位が低くなっていた。

（あれ、気のせいかな……）

太ももくらいの高さまであるはずの水面は、膝の高さになっている。これでは、泳ぐ行為は危険である。

「さっき、管理棟の担当者に、水を抜くように言っておいたの。ついでに、監視カメラの電源をすべて切っておいたか、再チェックもさせたわ」

「うう、本気で抱いていいのですか？」

悪戯っぽく微笑む真凛とは対照的に、寅吉は戸惑いを隠せない。

（管理棟にも指示できるのか……）

水泳部の顧問と、肉体関係を結んだら、間違いなくスキャンダルになるだろう。彼女は、水泳部の人妻生徒たちを巻き込むことで、自己防衛も実現していた。相互補完の関係を、何気なく構築する点は、やはり女社長の才覚だと思った。

「そろそろね……一度、本気で愛し合ってみたかったの……」

ゆっくりとプールに脚を入れて、中央で真凛は座った。

「本気で攻めてほしいと……」

相手の意思を確認するため、寅吉は一言一句を区切って言った。

「そうよ……テクニックはいらないわ。獣になって、貪り合いたいの。一度、いえ、何度でもいいけど、受け入れられる男はいなかった。でも、寅ちゃんなら、いいかな、と思ったの……」

瞳を潤ませる真凛の表情は、肉欲に蕩けていた。寅吉がプールに入り、膝をつかむ。

相手は何も言わない。生娘《きむすめ》のように口元に右手をあてがう。

（まるで、処女の女の子みたいだ……）

犯される美少女のような設定にしたいと、真凜はつぶやいた。怯《おび》えたような表情で声を震わせられると、どす黒い欲望が、寅吉の中で生まれだした。

「ふうう、アソコから触りたいの？」

「ええ、馴染ませないとマズいかなと」

「心配いらないわ……もう、トロトロだもの……」

濡れた声に導かれて、寅吉はM字開脚の中央へ手を伸ばす。

つるりとした太ももから水着をずらして、デルタゾーンに指を入れた。茂みの中にある肉ビラを探りあてる。

「ううんっ……ああ、はあうっ……」

眉をハの字にして、真凜は小鼻をヒクつかせる。

（すごい感度だな……）

されるがままで、まったく抵抗しない態度に、寅吉の指は躍動《やくどう》する。右手の中指を差し込むと、待ちかねたようにヌルヌルと膣襞が指を包み込んできた。

「すごい、グッショリで火傷しそうだ……」

た。

「だから言ったじゃないの……子宮が溶けそうよ」

よがり声をあげて、真凜は桃尻をくねらせた。演技をしているようには見えない。寅吉は胸を躍らせて、懊悩の表情を眺める。さっきの見下したような態度は消えていた。

真凜は煽るように、声をしならせた。

「どうしたのよ。もっと激しく犯していいのよ。ほら、水着を千切って……」

「いや、これはブランド物では……」

「サンプル品で、布地を薄くしてあるの。あなたの力ならビリビリ破れるわよ。真凜が欲しくないの？　寅ちゃんなら、襲いかかるぐらいのプレイが丁度いいわ」

いきなり名前で呼ばれて、肝を潰した。彼女は右脚の指先で、股間を弄《まさぐ》ってきた。真凜の淫戯は健在で、脚戯など簡単にできるようだ。こなれた動きに寅吉は舌を巻く。

（うう、すごい刺激だ……）

足の指を揃えて、ピンと伸ばした状態で、トランクスの上からクルクルとなぞりまわしてくる。ギンギンとペニスが燃やされて、寅吉は右手の指を媚穴の中でグルッと回転させた。ゾロリときめ細かい襞の感触が心地よい。温水よりも熱い粘液で、指を螺旋状に抜き差しする。

真凛は大きくのけ反って、淫らな声をあげた。

「あああんんっ……上手よ、もっといろいろしてぇ……ねえ、もっとぉ……」

目尻に涙をためて、寅吉に流し目を送ってきた。ゾクリとする色気が漂う。

（演技ではないいな……）

百戦錬磨《ひやくせんれんま》の熟女に試されているのかと疑っていたが、よけいな雑念は振り払うことにした。わずかに指を動かしても、ピクン、ピクン、と女体が跳ねる。

「モデルをやっていると、性感が高まってしまうの……」

熱に潤んだように、ツルツルと真凛の唇が動く。

寅吉は指を抜くと、真凛の肩に手をかけた。プランジングの水着を肩口から外にはずす。さすがに高級水着を切り裂くのは気が引けた。女体の腰のラインまで布地は水面に落ちる。布地の一部が乳首に引っ掛かる。中途半端なセミヌードが、かえって寅吉の情欲を煽った。フワリとラベンダーのシャンプーの匂いが漂う。

「もう、挿入したいわよね……ウフフ、見ればわかるわ……」

「ええ、ひとつになりたいです……」

正直に牡欲をぶつけた。

「バックが好きみたいね。美波も成海も、バックでセックスしていたから……正常位でもいいけど……真凛も久しぶりにお願い……」

含み笑いで、真凛は身体を反転させた。

ふたりは幼児用プールの中央にいた。四つん這いになった真凛は、プールの端へ移動する。きめ細かい真ん丸なヒップがゆらゆらと左右に動き、太ももが水を掻き分けていく。

（しゃぶりつきたい……）

清楚高潔な女社長が、ここまで隙だらけの体位を男に見せることはないだろう。思い出したように、振り返っては誘惑の笑みを浮かべた。

「つかまえてかぶりついていいのよ……若々しい子を相手にするのは久しぶりなの」

鎖を解放された狂犬のごとく、寅吉は女尻を両手でつかんだ。上品な雰囲気のヒップに指を沈めると、白い尻肉が指の間からはみ出す。すべすべした絹肌は、吸いつきもよかった。

「ううん、ああ、そう、滅茶苦茶にしていいのよ……」

上擦った声が、寅吉の鼓膜に届く。

（うう、これで三人目になるのか……）

わかっていても、股間の疼きを鎮められない。水着から両脚を引き抜く。フルーティな色の布地が真凛の身体から離れていった。やがて、桃尻が水面から上がってくる。下つきの媚裂が眼に入った。

幾人もの男を篭絡《ろうらく》した貫禄が、厚い陰唇から伝わってくる。

「ほら、早く挿入して……突き刺したいでしょ？」

「んあ、おお、くうっ……」

牡棒を近づけると、真凛は器用に裏筋を尻房で撫で上げてきた。ビクッと快楽に動きがとまると、亀頭を尻間に挟んだ。すべて腰の前後運動で膣口へ誘導してくる。

（尋常《じんじょう》なテクニックじゃないぞ……）

男性器をヒップだけで導くのは、運動神経のよさで説明できない。

「熱くて太いのはいいわ。先細りはやっぱり……んあっ、はああっ……」

寅吉は熱いとば口に導かれて、怒張を据える。蜜肉から愛液がこぼれて、亀頭を濡らした。蕩けた表情で振り返り、真凛は頷いた。寅吉は夢中で腰を押しつけた。狭隘な入り口をこじ開けて、極太のペニスをねじり込む。

「ああ、あああああっ……」

震え慄く真凛は、切なそうに眉根を寄せて叫んだ。

（うう、これは吸いつきも弾力性もある）

締まりのないヴァギナなら、巨棒でグイグイと真凛を圧倒できると思っていた。ところが、餅のような膣襞が竿に張りつき、キュウキュウと肉筒全体で締め上げてくる。

「くおおお……」

今度は寅吉が呻く番だった。

(だが、今回だけは……俺が主役だ!)

美波や成海のときは、完全にマウントをとられてしまった。せっかく童貞を卒業して、多少の経験もしたのだから、主導権をとったセックスをしたい。

「ああ、突いて! 力強く、太いオチ×チンで……真凛を気持ちよくしてぇ」

クネクネと真凛は臀部をしならせる。

寅吉は、ざわめく肉輪に怒棒を突き刺した。ズンッと思いどおりに子宮を叩くと、艶めかしく真凛はのけ反った。プルンッと乳房が色っぽく弾ける。

(んお、全体を嚙んでくる……でも、これさえ乗り越えれば)

ジンジンと快楽がやってきては、寅吉の脳内で弾けた。肉竿をもみほぐす膣壁の襞は、細かい振動と、大きなかぶりつきを備《そな》えている。こぼれそうになる涎《よだれ》をこらえて、寅吉は肉柱で、真凛の華蕊をえぐりまわした。

「ふああ、あんっ、もっと突いて!」

「はい、じゃあ、ガンガンいきます」

寅吉は夢見心地で、ズブズブと真凛の芯を突き上げた。

(竿全体が痺れている……)

剛直全体に、真凛の餅のような襞が張りついてくる。タコの脚のごとく、細かい吸いつきと凹凸による削り上げで、肉棒の張りに甘美な刺激が降り注いだ。

(粘り強いな……)

長いストロークで、何回も突き上げるが、真凛はあえぎ声によがりつつ、イク気配を見せなかった。あまりの心地よさに腰が抜けそうになる分、相手を満足させられているのか、不安になった。桜色に染まる背中のうごめきを眺めて、寅吉はハッとなった。

(性感帯を攻めているはずなのに……)

「力強く突いてぇ……はんんっ、うう、いい、すごいわぁ……」

真凛が感じているのは疑いようもなかった。呼吸を乱して、キュッと唇を噛んでいる。一糸まとわない裸体には、甘い汗を浮かべていた。

それでも、何かが足りないと気づいた。

「寅ちゃん、真凛をイカせて……なんとしてでも……」

酔ったような口調で、真凛は結合部を締め上げてくる。ズキンと鈍い快楽電流が寅吉の股間から全身に行き渡った。寅吉の抽送がやまないよう、応援してくれているらしく、心は重くなる。

(なんでイカない……)

寅吉は、今日だけで二度抜かれていることもあり、真凛をイカせることに自信があった。さっきの屈辱の淫戯の仕返しもこめて、ぎゃふんと言わせたかった。

「焦っちゃダメよぉ……もお……」

真凛はあえぎながら、グルッとヒップを回転させてきた。

ザラリと亀頭冠を削られて、寅吉の鼻先で火花が散った。怒張を上下に揺すぶられ、キュウッと揉み潰された。味わったことのない深みのある快感だった。

「んおお……ほううっ……」

立てつづけの強い刺激に、眼の前がチカチカと点滅する。

(どうして……こうなるのだ……)

直後、怒涛の射精欲の波が押し寄せてきた。ブルブルと寅吉は耐えようとしたが、亀頭部を引っこ抜く勢いで膣壺が蠢《うごめ》いた。極太のペニスが、粘り強い膣締めに根負けする。

「もう、やっぱりセックス初心者ねぇ……ウフ、出していいわ……ひゃあん、熱いぃ……いい、あんんっ……」

余裕の微笑みで、真凛は細かく豊満な裸体を痙攣させた。本イキとはほど遠い性感の昂りに見える。髪を耳朶の後ろに掻き上げて、寅吉が射精する様子を眺めていた。

「ぐおお……イクッ……ほおう……」

情けない声で吠え上げる寅吉の肉柱から、絶えまなく精子が噴出していた。粘っこい液が子宮にかぶりつくたび、真凛は白い首を震わせて、懊悩に艶めいた声でいなないた。その動きにはどこか余裕が感じられる。女社長の眼は子犬をあやすような慈愛《じあい》に満ちている。

(どうして、彼女をイカせられなかった⁉)

絶対的な自信が、木端微塵《こっぱみじん》に砕け散った。

「フフフ、はぁ、はあ、若々しいのは素敵なこと。ただ、クイクイ腰を動かせばいい、というのは愚《ぐ》の骨頂《こっちょう》よ……女の身体は機械人形じゃないわ」

真凛の何気ない一言が、ぐさりと胸に突き刺さった。

「でも、激しい抽送は必要不可欠ではないでしょうか……」

寅吉は、つい、反論してしまう。

（確かに、求められる以上の突きをしても、悦ばれないか）

相手の膣奥にペニスを挿入したまま、寅吉は唸《うな》ってしまった。両手で左右から抱える桃尻は、ズシリと重く、手のひらに肉感を擦りこんでくる。

「わたしの反応を、オチ×チンでキチンと感じてから、攻めができていない気がするけど……」

「そんなはずが……んお、こおおう……」

「ウフフ、やっぱりねぇ……ふうう、萎えないのは立派なんだけど……」

立ちバックで攻めている寅吉が、あとずさりする。

（一度射精したのに……）

真凛の膣内は快楽の洞穴になっていた。愛液に精液が混じり、潤滑《じゅんかつ》良好な状態で、巨棒の抜き差しもやりやすい。そこで、桃尻のほうが前後に動きだした。淫らなうねりは、寅吉のペニスを復活させるには十分すぎる刺激だった。

（さっきよりも、うねりや締めつけが弱い……）

真凛はゆるりと張り出すヒップを押しつけて、女筒を収縮させる。優しい亀頭冠の擦れが、妙に心地よくメキメキと剛直は硬さを取り戻す。

「ふうん、あなたって、本当にわかりやすい顔をするわね。でも、もしかしたら、気持ちよくするって本当は難しいことなのかしら……理屈じゃないもの」

上気した白い裸体が、桃色に息づいている。

（俺なりにやっている。強弱もつけているつもりだったけど……）

痺れきった怒張は、もう何も感じないはずである。だが、真凜の熟膣のうねりに、いともたやすく反応した。

「ほら、ボケッと見ていないで、もう一度。寅ちゃんも攻めてみなさい……」

かすれる声が、寅吉の脳を活性化させた。真凜のほうが、淫戯のスタミナはあるらしい。

絹肌のヒップからS字カーブを描くウエストへ、両手を滑らせた。

（そうだ、まだ、真凜さんはイッていない……）

必死に美波や成海とのセックスを思い出す。彼女たちとの結合に、何かしらの答えがあるはずだ。ここで、真凜を満足させなくては……。だが、どうすればいいかわからない。

「フフフ、時間切れ……」

「くおっ……真凜さん……待って……」

「待てないわよ。だって、寅ちゃんだけ先に射精しちゃって……」

熟女に甘く睨まれると、寅吉は言い返せない。

ふやけるほど体液に満たされた膣壺が、細かい痙攣を繰り返して、極太の肉竿を舐め搾る。

(なんだ、このペースは……)

スローセックスは覚えたが、真凛の腰の動きは何かが違うらしい。

「んあ、はああっ、本当は殿方にやってもらうことなのよ。もう、寅ちゃんにティーチングするなんて……んんんっ……」

文句を言いながら、真凛は後背位のまま、ソロソロと臀部を動かした。膣内では、複雑に媚肉がうねり、亀頭を揉み撫でてくる。

「すいません。くお、また、気持ちよくなる……」

すばやいピストン運動から、超スローペースになり、性器のもつれ合いが生々しく寅吉の脳をくすぐる。真凛のなめらかな肩が、さっきより上下に弾んでいた。

(真凛は興奮しているみたいだ……)

奥を盛んに突くように真凛は言った。嚙み砕いた説明がなかったため、極太の鈴口をガンガンとあて込めば、快楽を奏《かな》でられると思っていた。真凛は額に汗を浮かべて、首を振った。そこで、ゆっくりと怒張が奥膜にあたってから、内臓を押し上げるように動いてみる。
「はんんっ、そ、そうよ！　できるじゃないの……あはああんっ、優しく強く逞しい
突き上げって、とても感じるの……これがわかりやすいはずよ。んんん……はあ
っ！」
珍しく真凛がうつむいて啜《すす》り泣きだした。そうとう敏感になっている証拠である。
（特別なことは何もしていないのに……）
全体的に細かく凹凸のある襞だけでも、男にとっては無数の快楽の源になる。寅吉
の肉傘がピッチリと包まれると、熱い刺激が肉傘に降り注ぐ。やがて目一杯に拡《かく》
張《ちょう》された女壺から肉棒が抜けていった。
「んは、あう、ここで……少し休んで……」
背中を震わせて、真凛は息を弾ませた。
（膣口まで引かせている……どうする気だ……）
亀頭冠が抜けそうで抜けない場所まで、真凛の膣は離れかけた。
「ここで、んあ、ああ、くっ、は、あっ……」
「うおお、くお……」
ゆるりと蜜壺が動きだす。寅吉の怒張をＧスポットにあてるよう、丸っこいヒップ

が卑猥に蠢く。これまでとは違う腰の動かし方だった。

「寅ちゃん、ゆっくりこすって……ん、あっ、くっ……」

真凛に教えられるとおり、膣天井のポイントへ肉柱を擦りつけた。ビクビクと女体が反応する。ギュッと亀頭を搾られて、快感に浸りながら、寅吉は悟りを開いた。

（エロい顔を……そうか、焦らすことか……）

今まで、相手の言いなりばかりになっていたと反省する。美波や成海との逢瀬にハマり、抜け出したくない欲が先立つあまり、都合のいいセックスマシーンになっていたようだ。

「オチ×チンにも反抗期は必要よ。焦らすのはいいことなの。相手を気持ちよくさせるために、妥協するだけじゃだめ……んんあ、はああん」

「わかりました、でも、思うとおりにされないと……感じなくなってしまうのでは……」

「野暮な質問ね……女が気持ちよくなかったら、オチ×チンにも絡みつかないわ。すぐにわかるはずよ……三浅一深《さんせんいっしん》のリズムは覚えておきなさい。はんんっ、いくらでも応用が利くわ……」

汗びっしょりの美貌で、真凛は振り返った。

（見かけによらないものだな……）

人妻の美波や成海よりも、真凜のほうが人情味に薄い女性に感じられた。だが、セックスのテクニックについて、美波や成海は何も言ってはくれなかった。

美波たちの冷たさより、真凜の温もりが意外だった。

寅吉が素直に感想を伝えると、真凜は至極、当然な返事をした。

「もう少し出来のいい子かと思ったのよ。でも、甘やかしすぎて、何も学習していないから……情熱があるのは歓迎するけど……芸がなさすぎて……不安になったくらい……」

「そんなぁ……ちょっとひどいですよ」

思わず、悲嘆《ひたん》のため息を吐いた。

（よし、じゃあ、イカせてみせるぞ……）

のろのろと肉槍で、膣口をこじる。膣壁に肉棒を優しく押しあててタイミングを計り、角度を変えて、鋭く擦ってみた。

「んあ、ふうんっ……ああ、くあっ……」

澄んだいななき声で、真凜はあごを上げた。

（なんて色っぽい姿だ……）

無茶苦茶に突き刺したい欲望で、牡棒は燃え上がった。

ここで、欲沼に堕ちれば、相手をイカせられない。幸いにも、三度抜かれている。絶倫男でも、冷静にセックスするだけの肉棒にはなっていた。

「ああ、んん、はっ、あ、ん、んあ……」

焦らすようにのろのろと往復させて、真凛の流麗な裸体はもだえている。そこへ肉柱を忍ばせるように進めていく。蜜襞がピッタリと竿にくっつき、心地よく擦れた。

(刺激が強くて、俺もまた……)

剛直の張りが威力を増した。

「そうよ、いい、いいわ……来て……奥を突いて……」

待ちかねたように真凛は艶めいた唇を動かす。さっきよりも明らかに膣圧は高かった。溢《あふ》れんばかりの体液といっしょに包まれているので、寅吉は易々《やすやす》と掻き分けていった。肉傘で膣壺を拡張する快感が、数百倍にも跳ね上がる。

「こんなに変わるものなのか……」

「ふうんんっ……わかったでしょ……んあ、はああんっ……ああんっ……」

柔らかい子宮の壁に、トンと亀頭の先端がついた。余った竿の尺を、ゆっくりと押し上げる。子宮に柔らかい圧迫感を与えていった。

眼を瞬かせて、真凛は四つん這いの腕をがくがくと震わせた。

「あんっっっ……あんっ、ああんっ、いいっ、深いの好きぃ……あ、はあんっ……」

たまらなく甘美ないななき声に、寅吉は背中をゾクゾクさせる。

（締まりが変わった……内部に誘ってくる）

最初は細かい襞筒の締まりの強弱でメリハリがあった。次第に、うねりは複雑になり、亀頭冠が搾られて、内奥へグイグイと引っ張ってくる。

「ふう、ううんっ……あんんっ、若いオチ×チンは違うのねぇ。あんんっ、ああんっ、コツが分かったら、どんどん来てぇ……気持ちよくしてぇ……」

チラッと真凛は潤んだ瞳で流し目を送ってきた。ゆっくりと、肉柱を引かせていく。

締まりが強くなったが、エラが張った鈴口で切り裂いていった。

（別人のように淫らになっている）

セックス行為自体、淫らであるものの、高慢《こうまん》な雰囲気の女社長である真凛が本気で肉欲に溺れる姿に、寅吉は本イキさせたいと思った。

「ああんっ、切ないわぁ……欲しいっ……」

ジットリと粘り気のある眼で睨まれると、ペニスを突き刺したくなる。

（ダメだ、罠だ……）

我慢すれば、もっと素晴らしい快楽が得られる。寅吉は自分自身に言い聞かせて、三浅一深のリズムを女体に刻み込む。

甘い匂いをムンムン発する真凛の裸体を撫でまわす。

「寅ちゃん、もう一度来てぇ……あぁんっ……」

寅吉はなめらかな背中に、覆いかぶさっていった。

（ああ、オッパイを……）

左手をつかまれて、乳房に誘われた。指をうごめかせると、簡単に吸いついて沈み込んだ。みずみずしい感触には、弾力性も含まれている。

膣浅で亀頭を遊ばせていると、モゾモゾと桃尻が揺らめいた。収縮が活発になり、肉柱を受け入れようとうごめいた。

タイミングを合わせて、グイッと怒棒を沈める。ヌルヌルとした感触から、キュウッと搾り込まれて、快楽の電流がほとばしった。

「ううん、ああんっ……太いのぉ……いいんっ……はああっ……」

啜り泣く真凛のとろける美貌のうなじに顔を埋める。

熟れた汗をペロリと舐めてみた。絹肌が真っ赤に火照り、ピクッと跳ねる。甘い香りを胸いっぱいに吸い込んで、乳房を隅からすくい上げるかたちで鷲づかみにした。

たまらない柔らかさが指から伝わる。

「はんっ、寅ちゃん、いいわ、上手よ……あ、ああんっ……」

ヌチャッと膣奥から湿った音が響いた。パシャパシャと跳ねるプールの水とは質が異なる粘着性があった。

（新しく愛液がこぼれ出した……）

セックスの結合により、愛液を湧かせたのだという、男の自信を得られた。

次第に、真凛の息が荒くなり、蜜肉の痙攣が肉竿全体を包んでくる。

「あ、あんん、もう、寅ちゃん、イキそう……ああ、イク、真凛は寅ちゃんのオチ×チンで貫かれて、イク、イクッ……」

「ああ、俺も……おおお……」

最奥の子宮膜をノックしたとき、寅吉の肉槍から、ビュウッと精液が噴出された。

熱い奔流を受けとめて、真凛は喜悦《きえつ》に歪みきった声を漏らし、熟れ肌を波打たせて寅吉のペニスをいつまでもギュッと締め上げていた。互いの身体をキスし合いながら、脈動が収まるのを待った。

「ふう、はあ、はあぁ……ウフフ、上出来よ。はああ……久しぶりにスッキリしたわ」

清々しい声で、真凛は笑った。

「俺も二発出してしまって……すいません」

寅吉は、素直に相手へ頭を下げた。

（孕ませたら、旦那さんに何をされるか……）

淫らな行為という範疇《はんちゅう》を、もはや超えている。ここまで到達して、寅吉はあとに戻れない堕欲にのめり込んでしまったと思った。

「気にしないで。たくさん出してもらったわねえ。お腹が燃えるかと思ったわ。さて、これからのことだけど……先生から、話だけはしておいてちょうだい。教頭先生には、わたしからも個人レッスンと連絡をしておくわ」

人妻生徒たちとの個人レッスンは、とうてい学校側の許可を得られるとは思っていない。すでに、寅吉が顧問になってから、教頭はプールサイドに現れなくなった。相互の合意が得られていれば、セクハラは気にしないで、とも言われている。

そう言っても、授業中に公序良俗《こうじょりょうぞく》に反する行為をする理由になるはずもない。

（美緒さんには相談もできない……）

すでに、三人の人妻と肉体の関係を結んでしまった。彼女たちは高校の生徒であり、切っても切れない関係にある。どうすればいいのか、寅吉の脳内で結論はでなかった。

「どうしても、バレそうになったら、美緒を説得するから大丈夫よ」

真凜は、なぐさめるように言った。

（生徒に気を遣ってもらうようじゃ、教師失格だな……）

生徒と肉体関係を結んだ時点で、教師の資格はないのだろう。だが、生徒から望まれたことだと開き直る勇気はなかった。とにかく、彼女に感謝するしかない。

「ああ、篠田さん、どうもありがとうございます」

真凜と呼んで、と人妻生徒から交座位でせがまれた。

（もう、快楽の天国から抜けられないなあ……）

断れない寅吉は、フェロモン漂う真凜を股間の上に乗せた。潤いのある絹肌は、見事に引き締まっている。桃尻の肌で、肉竿をこすられて、メキメキと海綿体が充血するのを感じていた。

第四章　競泳水着を脱いだ美魔女教頭

1

　屋内プール場には事務室があった。市民プールの開放シーズンには、水泳教室や競技大会などのイベントが発生する。行政の手続きやスケジュール調整に使用する部屋が必要なのだ。

　だが、現在は諸々の事情があるため、使用されていない。八畳ほどのスペースには、執務《しつむ》机と接客用のソファが置かれていた。この事務室こそ寅吉の唯一の居場所なのだ。

（これから、どうするかなぁ……）

　乱痴気《らんちき》騒ぎの翌日、いつもどおりに事務所のドアを開けると、部屋の冷気が頬を吹き抜けた。真夏の暑さだったので、ひんやりとした空気をハッキリ感じとれた。

「ああ、佐々木先生。お疲れさまです」

ソファには教頭の七瀬美緒が座っていた。

「お疲れさま……です」

驚きと困惑で、間延びした返事になる。

（もうバレてしまったのか!?）

落ち着いた様子の美緒とは対照的に、寅吉は脳味噌をフル回転させる。

昨日の淫戯については、真凛がオフレコにすると、約束してくれた。

（カメラには映っていないはず……）

プール施設には、更衣室やトイレ以外、カメラが設置されている。真凛によると、ふだんは電源を切っているらしい。

（何を慌てる必要がある……）

疑心暗鬼《ぎしんあんき》を払拭《ふっしょく》する。

管理棟の監視カメラは、電源オフになっているはずだ。人妻生徒たちと淫らな個人レッスンを開始するのは今日。美波や成海、真凛は、用事があって出席できないと連絡があった。

「どうしたのかしら。ちょっと、お話があって伺《うかが》っただけ。何かありましたか」

美緒はいつもと変わらない微笑みで迎えてくれた。

「いえ、教頭がいらっしゃるのは、初めてでしたから……」

高鳴る胸の鼓動を抑えて、寅吉はソファに座った。

(お話……かあ。こっちは特に何もないけどな……)

ただ一点気になる点がある。彼女が不敵な微笑みを浮かべるときは、ロクなことがないのだ。偶然か、必然かは神のみぞ知る領域である。

とても嫌な予感がした。

「お話とは……今のところ、水泳部の活動に問題はありません……」

「ええ。ちょっと、確認してほしいものがあって」

美緒は執務机のモニターを指さした。画面はソファに向けられている。

(ああ、これかあ……)

部屋には備えつけのモニターがある。執務用のパソコンと並んでいるためデュアルディスプレイかと思ったが、長いケーブル線は別の場所につながっているようだった。

美緒はためらいがちにリモコンを取って、ボタンを押した。

「こ、これは……」

高画質の映像が、二十インチのモニターに流れる。接写している錯覚に陥るほど、生々しさが伝わってきた。

（真凛さんとのセックス……）

言いわけできる映像ではなかった。昨日、幼児用プールで獣になった寅吉と真凛の密戯がバッチリ録画されている。

チラッと美緒の表情を見た。意外にも、彼女の眼から怒気や困惑の色は感じられない。

「同意の上なら、いいんだけどね……」

美緒は諦観《ていかん》の念で映像を消した。

（免職……）

現実的な重責が、一気に寅吉の心にのしかかる。公序良俗に反する行為は、同意の有無は関係ない。教師に求められる倫理観は欠如《けつじょ》していた。

ふだんの微笑みを絶やさず、美緒は尋ねてきた。

「レイプじゃないわよね？」

衝撃的な言葉に、寅吉の顔から血の気が引いた。

「当然です。むしろ、その、あの……」

すぐに否定して、反論を試《こころ》みる。だが、スルスルと言葉は出てこなかった。誤魔化せる映像ではなかったからだ。

「どうしようかしら……」

美緒は互いを挟む机の上に視線を落とした。

(何を悩んでいるのだろう……)

ただ、この時点で、彼女が警察に連絡していないことに、妙な安心感を得た。強姦魔の心象を与えたなら、悠長《ゆうちょう》に話す時間はないはずである。

美緒の代わりに、警察官が待ちかまえていたはずだ。お決まりの「署でゆっくり話を聞きましょう」と連行される、刑事ドラマの映像が脳裏をよぎった。

「顔色悪いみたいだけど、どうかしたの?」

気がつくと、眼と鼻の距離に、美緒の顔があった。

ドキドキと胸が高鳴り、あわてて顔をそむける。

「な、なんでもありません。大丈夫です……」

やましいことをしているわけではない。寅吉は、自分に言い聞かせる。

西日が窓から入り部屋を夕焼け色に染めていた。夏と秋の虫の鳴き声が交互に聞こえてきた。

しばらく、二人は黙っていた。部屋には緊迫した空気よりも、夏の季節感がゆったりと流れている。寅吉は、美緒が口を開くまで喋らなかった。

屋内プールの外にある自販機でアイスコーヒーの缶を買ってきた。

「どうもありがとう」

「いえ。暑いですからね……」

喉が渇いていたらしく、美緒はすぐに缶コーヒーを口に運び、すべて飲み干した。濃紺のスーツジャケットにミニタイトスカート姿の動きは艶やかに見える。

（清々しいほど気持ちよく飲むな……）

ごくごくと白い喉が艶めかしくうねるのを、ジッと眺めていた。ジャージ姿の寅吉に比べれば、エアコンが効いている部屋といっても暑いだろう。

「この季節は、飲み物も冷たいほうがいいわねぇ……」

「そうですね……」

反論する内容ではなかったので、素直に頷いた。

（全然違う話を……）

訝《いぶか》しげに感じながら、美緒の話に耳を澄ませる。

「プールの水温はどうかしら？　夏は温水にしないほうがいいとか……」

「わたしは問題ありません。生徒に聞かないとわからない点が多いです。お肌のケアや、アレルギーの問題もありますから……ただ、ストレスにならなければいいだけです」

彼女は何かに思いを巡らせるよう、あらぬ方向を眺めていた。

「真凛さんは、セックスして満足そうだったかしら？」

刹那、飲んでいたコーヒーを噴き出しそうになる。

（我慢しないと……）

プレイボーイなら、悠然《ゆうぜん》とコーヒーを啜るのだろうが、寅吉にはそんな勇気などあるはずもない。喉がカラカラに乾かないよう、少しずつ流し込み、潤いを保つ。

「誘惑したのは彼女です。言われるままに行為に及んだので、不満や文句はないかと思っています。あとは、彼女に聞かれたほうがよろしいかと……」

男女の情事は、当事者しかわからない。その分、説明を求められた場合、すべて言いわけになる可能性は高い。寅吉は真凛から言われていたとおり、和姦と喋るしかなかった。

「そう？　けっこう、レイプというか、凌辱に近い印象を持ったから……まあ、そうかしらね」

缶コーヒーを片手に、美緒はもう一度リモコンのボタンを押した。

「ああんっ、そう、いいわ、もっと突いて……三浅一深のリズムをオチ×チンが覚えるまで、続けてちょうだい……」

「はい、うう、出そうです……いいですか？」

「まだダメよ。情けないこと言わないで……」

彼女は、映像の音量まで上げていた。真凜の声は、ハキハキして聞き取りやすい分、澄みわたると誰の耳にも届く。

「今日来たのはね……あなたを水泳部の顧問にした理由を説明するため」

「理由……ですか」

寅吉は首をひねった。体育教師だから、水泳部の顧問にしただけではないのか。それに、この前説明した理由は建前だったのだろうか。

（ありきたりな理由なら、もっと生徒の情報を欲しかったたな）

美波、成海、真凜が人妻でセックスレスなど、美緒は知る由《よし》もないだろう。だが、まったく知らない話でもないような気になっていた。

蓋《ふた》を開ければ、市民グループの人妻生徒たちも肉欲あふれる麗美な女性ばかりだった。

(今さら、遅いよ……)

まさに、これから寅吉は人妻生徒たちの餌食《えじき》になる。裏を返せば、寅吉にとって、甘く爛れた時間を過ごすのだ。ただし、教頭に文句は言えない。現状、罪人は寅吉であり、どんな懲罰《ちょうばつ》を受けても、何もできない状況である。

「赴任されてきた頃、女子生徒に対するよそよそしい態度は、すぐにわかったわ。最初は、時間とともに慣れると思ったの。でも、学校の雰囲気には馴染んでも、女子生徒には溶け込めていない。わたしは、ある仮定をたてた……すべては寅吉くんのためと思ってね」

美緒の流暢な説明に、寅吉は驚いた。

(こんなに頭の切れる女性だったのか……)

優秀な女性というのはわかっていながら、ベビーフェイスの童顔とスレンダーな体型から、どうしても大学生と勘違いしてしまう。口数もふだんは少ない。外見から、あどけない精神年齢だろうと勘違いする。

「あなたが女性恐怖症で、性的コンプレックスを持っているのではないかと」

「それは……」

寅吉は何も言わなかった。すべて、美緒の言うとおりだったからだ。

「沈黙は理解と肯定《こうてい》の証《あかし》と受けとめていいかしらね……」

黙って頷いた。

噛みしめるように、沈黙のひとときを確認して、美緒は話を続けた。

「童貞はすぐにわかったけど、女性恐怖症の原因などと関係あるのか、わからなかったわ。心理学者じゃないもの。だから、美波たちがセックスに飢えているという不満を満たすために、肉奴隷になってもらおうと……」

「え!? に、肉奴隷。美緒さん……それはひどいですよ」

「ごめんなさいね。でも、結果的には、性交したんでしょ？　美波、成海、そして、真凜さん。今日から、市民の人妻生徒さんたちの悩み相談も引き受けたとか。セックスレスとか、相談しにくいもの……でも、ヤル相手がいなかっただけよね……」

美緒はふたたびモニターの映像を再生した。

今度は成海とのベンチセックスだった。プールサイドから、女子更衣室まで、すべての裸体の営みが流れていく。最後は、義娘の美波だった。

「美波は感謝しているそうよ。不思議なことだけど、旦那さんとの関係も良好になったと喜んでいるわ。あなたとセックスして、満たされたのは心なの。とても、大事なこと。寅ちゃんの絶倫も解消できる相手がいるし、性器も大きくなっているわ」

「言いすぎです！　俺は、彼女たちの肉奴隷だけの役目になったつもりはありませんよ」

2

やるせない気持ちに、寅吉は顔を歪めた。

（結局、美緒さんの手のひらで遊ばされていただけか……）

すべては、教頭から始まり、教頭で完結している。

シナリオを描いた美緒の手腕には、寅吉も内心恐れ入った。きっと、美波、成海、真凛でさえも、美緒の計画を知らされてはいないはずだ。

「本当に悪いことをしてしまったわね……」

「美緒さん。眼が笑っていますよ……」

「ウフフ、そうかしら……」

ゆっくりと美緒は切れ長の瞳を手で押さえた。

（だけど、美緒さんには怒れない……）

淫靡な行為をしたから、感情をぶつけられない、ということとは違う。寅吉は対面で美緒と向き合い、自分の奥底にあるモヤモヤした感情の正体に気がついてしまった。

（好意……を持っている。俺は美緒さんに……）

幼い頃から、美波の義母として慕《した》ってきた。親戚には無下《むげ》に扱われていた寅吉を可愛がってくれたのは、他でもない美緒であった。

あまりにも早い両親との死別を理解できず、寅吉の心は何かを必死に求めていた。それが、母性愛とわかったのは、物心ついてからだ。思春期はあまりにも遅く到来し、蟬《せみ》しぐれのようにひっそりと消え去ったのかもしれない。親しみと恋慕の境界線がわからくなっていたのだ。

だが、美緒への恋慕の感情は、低温ながらも残りつづけていた。寅吉には、信仰に近しい感情である。

「本気で怒らせてしまったかしら……」

悪戯っぽい微笑みを絶やさず、心配そうに顔を近づけてきた。

（いや、そういうことじゃなくて……）

寅吉はストレートに感情をぶつけられない。

もどかしさに、自分自身に腹が立った。だから、怒ったような表情になり、口数もなくなってしまう。美緒はソファに座り直した。

「お詫びを兼ねて、お礼をしようと思っていたの」

「今さら、何かをいただいても困ります」

寅吉はやるせない気持ちになった。

(こんな場面で、好意を伝えるべきだろうか……)

まだ、会話自体も嚙み合っていない美緒を相手に、恋慕の情を告白していいのか。沸騰《ふっとう》した脳味噌を冷やしてから、自分の気持ちと向き合うべきではないのか。

悶々《もんもん》としたまま、顔を上げた。

「怖い顔ね……ごめんなさい……寅ちゃんの気持ちも考えないで」

「いえ、大丈夫です。問題ありません」

「そんな感じはしないわ。今日、授業は休みなさい……」

無茶苦茶なことを美緒は平然と言った。

(今日から、秘密のレッスンも始まるのに……)

眼前の女性は淫靡な密戯と知っているはずだった。寅吉でも、約束の逢瀬をすっぽかされたら、女性がどんな気持ちになるか、わかっている。

「活動後のセックスだけ参加してちょうだい。今から、美緒が身体でお礼したいから、活動時間は、心を休めて……ね」

キョトンと寅吉は表情を変えた。

(今、なんて言った……)

聞き間違えでなければ、身体でお礼と言ったようだ。彼女は冗談を言うが、故意に他人をぬか喜びさせる詐欺行為はしない。

美緒は勢いよく立ち上がり、ドア側の壁に向かった。大きな姿見が置かれている。鏡越しに、教頭は告げてきた。

「本当は、寅ちゃんが好きだったのよ……だから、お礼だけは受けて……お願いします」

「あの、美緒さん……」

夕日に浮かぶ美緒の姿に、寅吉は息を呑んだ。無防備な後ろ姿から、牡欲を掻き立てるフェロモンが一気に開放された。

斜向かいに見下ろす顔の額は、汗ばんでいる。ベビーフェイスのつぶらな瞳は、妖しく濡れており、黒眼が大きく見えた。つるっとした白い頬肉を弛ませ、薄口の唇が軽く開いていた。

(興奮しているのか!?)

明らかにふだんの美緒の態度ではなかった。

「寅ちゃん、あなたは、美緒のことどう思っているの……」

「好きですよ……心から……昔から……でも……」

「でも……何？」

「会ったときには旦那さんが……」

「そういう問題ではないでしょ……」

「大好きです」

ギュッと両手の拳《こぶし》を握りしめて、相手を見つめた。心の思いを叩きつける勢いで、好意を告げた。それでも、想定の一パーセント以下の小さな声になってしまう。

「そう……ありがとう」

儚げに微笑んで、美緒はロングヘアを掻き上げる。ほっそりとした白い指が流麗な黒髪をなびかせる。フワッと桃のシャンプーの香りが、部屋を満たす。甘ったるさに、美緒の体臭がなまなましく混ざっていた。

（うう、ふだんの子供っぽい雰囲気と全然違う……）

美緒の表情が真剣になったせいだろうか。

ジャケットを脱ぐ背筋は、ピンと一直線である。黒髪の隙間から見える細い首筋は紅潮していた。ふだんなら、すぐに過ぎ去るひとときがとても長く感じる。

「寅ちゃん、いっしょにお風呂に入ったことあったでしょ？　覚えていないかしら」

「そんな昔のこと……」

寅吉の顔が真っ赤になった。

数ミリだけあごを縦に振って、美緒はジャケットの袖から腕を外していく。

「よかったわ……あの頃のほうが、わたしもいい身体していたから……」

「どういう意味ですか。今も美緒さん……」

うっかり、本音を言いそうになって、口を閉じた。

（なんて美しいラインなんだよ……）

姿勢を崩すと、なで肩から白いブラウスの膨らみに続く。横にも縦にも乳房がせり出しているせいか、生地がピンッと張りつめている。急峻に下るバストラインは、直角にえぐれて、見事なS字のウエストへ流れた。

「美波とセックスしたんでしょ。あの子、綺麗な肌艶で、いい身体だったでしょ。わたしみたいなオバサンじゃ、お礼にならないかしらね」

「美緒さんの身体が好きなんです。その……美緒さんでないと……」

「わかっているわ……ありがとう」

鏡越しに、美緒は恥じらいの視線をさまよわせた。

それは、今まで見てきた美波の義母という、あどけない童顔の女性とは一線を画している。寅吉の視線は、美緒の一挙手一投足《いっきょしゅいっとうそく》に釘づけとなっていた。

「あまり、ジロジロ見ないで……」

「う、すいません……」

「でも、嬉しいのよ……見られるって……」

矛盾《むじゅん》した会話からも、色香が匂ってきた。

(服の脱ぎ方から、色っぽい……)

さり気なく、美緒は脱衣のスピードに緩急をつけていた。ゆっくりジャケットを脱いで、サッとハンガーラックにかける。ふたたび、ブラウスのボタンを丹念に外しはじめた。

「水着はどういうのが好きなのかしら?」

「どんなタイプでも、美緒さんが着れば似合いますから……」

男を悩殺する水着が、星の数ほど脳内に浮かんだものの、ひとつに絞りきれない。

寅吉の正直な返事に、美緒はニコリと微笑んだ。

「そう言うと思ったわ……」

プチッとボタンの外れる音が大きく聞こえた。シックな白いブラウスの布ずれまで重なり、淫らな妄想が寅吉の劣情を煽った。

（シンプルな水着が一番いいかな……）

美緒からは真凛のような女傑《じょけつ》のオーラはなかった。どちらかと言えば、おっとりした巨乳、巨尻タイプである。美波と同じくらい小柄な身長で、義娘の彫りの深い顔立ちより、可愛らしい清楚な表情だ。

「寅ちゃん自身、気づいていない性癖ってあるのかしら？」

「自分のコンプレックスを隠すほうに気を配っていたせいか、あまり相手には求めません……」

「ウフフ、無意識に女には求めているモノがあるはずよ……」

ブラウスのボタンを外して、ゆっくり脱ぎはじめた。

「ああ……」

寅吉は戸惑うような、歓喜のような複雑な声でうめいた。

（下着じゃなかったのか……）

あらわれたのは、Uバックの競泳水着だった。日焼け跡もなく、きめ細かい肌にうっすらと汗の膜が覆っている。濃紺の生地に包まれたバストは、ベビーフェイスに似つかわしくない、大きな桃のサイズである。

サイドファスナーを下ろそうと、美緒は腰をひねった。サラサラと黒髪が揺れて、今度は梨の香水が桃の匂いといっしょにやってくる。

「寅ちゃん、水着フェチでしょ……競泳水着フェチよね」

「そうですね……」

大いなる謎が解けたように、安らかな気分で寅吉は頷いた。

3

ドア一枚を隔てて、人妻生徒たちは練習していた。寅吉が二十時まで来ないと聞いて、彼女たちはいささかやる気を失っているように感じた。

(まさか、マジックミラーになっているとは思っていないだろう……)

彼女たちと二人は三メートルも離れていない。ドアの横は一面のガラス戸になっており、プールの様子が筒抜けに覗けるのだ。だが、彼女たちには部屋の内部は見えない。光の屈折《くっせつ》と散乱《さんらん》作用で、真っ白な壁に見えると美緒から説明された。

「見えたら大騒ぎよ」

すでにジャージから裸になっている寅吉を見て、安心したように美緒は笑った。

「どうかしましたか？」

「丁寧語はやめて……名前も呼び捨てにして……」

黒い瞳はキラキラと潤んでいる。

（本気だな……）

外見は二十代の美緒も、三十五歳の人妻である。夫を持つ身で、破滅の可能性もある未来を想定して、寅吉との逢瀬に臨《のぞ》んでいる。

教頭という教職者を束ねる立場から、そうとうな覚悟がヒシヒシと伝わってきた。

「寅ちゃんのオチ×チン、きちんと勃起しているわ。よかった……」

「美緒さんの身体を見て、萎《しお》れるはずが……」

「ウフフ、嬉しい。今日はあなたのモノよ。好きにしていいわ」

ガラス戸にもたれかかり、上目遣いで見上げてきた。

（あれ、スカートを脱いでいない……）

思いきりのいい性格の美緒なら、アッサリと水着姿になると思っていた。こみ上げる羞恥の感情を抑えて、寅吉は美緒の肩にそっと触れる。ピクンッと反応する熟れた肌は、驚くほど柔らかい。

「熱い手ね……」

「久しぶりすぎて、怖いのかな……」

「そうね。ふだんは、場所も方法も決まっているから……」

頓着しないように、美緒はスラスラ話す。

（旦那さんと……）

ムラッと嫉妬の情に、寅吉の胸が焦がされる。顔を近づけると、美緒は寅吉の胸板に手をあてた。近くで見ると、思ったよりも半開きの唇はぽってりしている。吐息を吸い込み、ゆっくりと唇を合わせる。

「チュッ、ふう、チュッ……」

「んん、焦らすの？　チュッ、はああ……」

すぐにキリッとした美緒の瞳が妖しくぼやけていった。

（うう、こなれているはずなのに、初々しい反応を……）

唇を重ねるごとに、美緒は白い歯を見せて笑う。上唇や下唇を挟むようにライトキスを繰り返すと、次第に眼を閉じていった。

はち切れんばかりの桃乳が、胸板にギュッと密着する。ゴム毬《まり》のような弾力性と柔軟性のある感触に、寅吉の総身は痺れた。

「はうむ、むちゅ、うう……」

「あっ、舌を……らめぇ……あ、うっ……」

美緒は寅吉の首に腕を絡めてきた。唇を重ねたまま、舌を入れる。軽く歯茎をねぶってから、舌へもつれさせた。トロトロと甘い唾液を味わい、クルッと舌で口内をまさぐる。

しばらくして、そっと口を離す。

「こんなキスしたことないわよ……寅ちゃん、練習したの？」

「美緒さんとのキスを妄想して……」

「ふうん、あっ、胸を!?　あん、ちょっ……」

キュッと胸板に両手をあてて、指先を食い込ませてくる。

（そうとう感度が高いな……）

夢にまで見ていた美緒の乳房は、両手ですくいきれない大きさだった。ふだんはブラジャーで隠していたのかもしれない。ラバー生地越しでも、柔らかい胸肉であるのがわかる。人差し指に引っ掛かる乳首は、大きく勃っていた。美緒はクイッと顔を上げて、眉をたわませる。唾液で濡れ光る唇が、艶めかしく開いた。

そこに、寅吉は顔を寄せる。

「はう、むうう……むちゅう……」

プルンッと乳房、唇が勢いよく弾ける。美緒は、身体を密着させようとしてきた。

乳房に指が深く沈み込む。

(こんなに大きかったかな……)

甘い唾液に息を荒げて、寅吉は美緒の熟房の大きさに眼を細める。

「ふうう……んん、チュパ……」

美緒は小鼻を鳴らして、必死に舌をからめてきた。

だんだん、相手の息も艶めきに湿り気を帯びていく。

(うう、色っぽさと甘い匂いが……)

ジワッと甘い匂いが鼻腔から寅吉の情欲を刺激する。桃と梨のフルーティな香りと、美緒の生々しい女の汗が、淫熱に蒸発してフェロモンとなった。

何度目かのディープキスから、互いの口を離す。

「ふうう、はあ、寅ちゃん激しいのね……」

「だって、美緒さんが相手だから……」

息を弾ませると、美緒のたわわな乳房がゆらゆらと手の中で躍った。ズシリとボリュームのある感触に、寅吉の指は勝手に動きだす。柔かい脂肪が、卑猥にひしゃげた。

「うう、んあ、回されるの……いいっ……あはんっ……」

クンクンと顔を上げて、美緒はガラス戸に身体をもたせかける。両手はガラス戸にあてて、胸房を突き出してきた。

(ノーマルセックスしかしていないのかな……)

目まぐるしい興奮で、寅吉はうなじに顔を埋める。相手の反応がすこぶる良好なので、セックスレスだったか、正常位で満たされずに終えていたのか、と思った。

「んん、あ、そこもいい！　はあんっ……」

美緒は顔をそむけて、うなじをさらした。汗にきらめく肌から、熟れた匂いがムンムン立ちこめる。寅吉はペロペロと万遍ない舌戯で、キスマークを刻んでいく。

(感度が高いな……)

両手で思うようにバストを揉み込み、回し込んだ。同時に、勃っている乳首を人差し指で転がすのも忘れない。へなへなと美緒は力を失い、座りかけた。寅吉は慌てて、ソファへ仰向けに寝かせる。

「あの……大丈夫ですか？」

「心配しないで……ウフ、だって、寅ちゃんに愛撫されるなんて、想像もしていなかったの。だから、昂ってしまって……いいのよ、ほら……」

甘く耳元でささやかれると、寅吉の理性が一気に吹き飛んだ。

今度は、盛り上がった乳房を集中的に攻めていく。

（Gカップはあるな……）

幼い頃から、美緒をそばで観察していた。

だが、憧れの夫人のバストのふくよかさまでは触ってみないとわからない。

「オッパイ好きそうね……あんっ、ふああ……」

美緒は母性愛を感じさせる微笑みで、頭を撫でてきた。チュッと強く吸い上げて、指に力をくわえると、柔和な笑顔が卑猥にとろけた。

（やっぱり、エロ可愛いなぁ……）

元気よくなぶるものの、自分だけが満足してはいけない。

ほんの少しずつ、攻めのペースを落としていった。これまで学習したことを、脳内でフル活用する。美緒は息を荒げて、恥じらうように見上げてきた。

「スカートを脱がせて……」

乳首から口を離して、寅吉は上体を上げた。ツウッと唾液が水着に落ちる。生乳の膨らみも見えている。競泳水着を押しのけて、深い谷間を作っていた。

（さて、スカートの下は……）

寅吉は普通の水着を想像していた。

彼女はサイドファスナーを下ろして、途中で手をとめたのだ。その迷いの原因が、よくわからなかった。

巻きタイプのスカートを脱がせて、寅吉はハッとする。

「これは……すごいハイレグタイプだね」

「もしかしたら、寅ちゃんに嫌われるような気がして……」

「どうして……」

「はしたない女と思われるかもしれないから……」

「俺は妄想しても、実践できない小心者だよ……大歓迎さ」

淫らに腰をくねらせて、美緒は恥ずかしそうに両手を胸に重ねた。

(特注品だな……)

競泳水着ではあるが、実践向きではない。コスプレの領域になっていた。生地をつかんで搾り上げたように、鋭くV字にカットされている。陰毛まで、綺麗に切り揃えたようだった。

「ああ、美緒さんのオマ×コを……」

「恥ずかしいわ。言わないでぇ……攻めていいから……」

美緒の了解を得て、寅吉はゆっくりと下腹部に顔を移動させる。

（うう、穢れのない聖域だな……）

綺麗な白い肌がうねり、淫らな雰囲気はある。同時に、処女のような清楚、高潔さも感じられた。シミ一つなく、みずみずしい絹肌が、産毛《うぶげ》もない状態で汗に濡れている。

「ソファを倒すよ……」

「あっ……」

屋内プールにある物は、事務用品だけの役割を備えていない。ソファも、来客の打ち合わせ用に置いてあるが、救急患者用のベッド機能を考慮して、背もたれを倒せるタイプになっていた。

簡易ベッドに、小柄な美緒は縮こまる必要はなく、なめらかな肌と豊満な肉体を惜しげもなくさらせるのだ。

「ああ、やっぱり恥ずかしい……うう……」

バンザイをする姿勢で、美緒はソファの生地をつかむ。寅吉はゆっくりと両手を太ももにあてて、股座《またぐら》を広げていった。ギシギシとベッドは軋み、美緒は眼を閉じた。

フルフルと長い睫毛を震わせている。

「おお、うう、これはエロい……」

布地をずらして、寅吉は思わず歓声をあげてしまった。声だけは無意識に小さくしていたため、プールで泳ぐ連中に気づかれてはいないようだ。

(ツルマンと言ったよな……)

よく見れば、陰毛は綺麗に剃られている。鶏冠のように厚い肉ビラの間に、水着の生地が食い込んでいた。しかも、生地はファスナー式になっている。ヒップのほうから合わせ目を外せるらしい。はやる気持ちを抑え込みながら、寅吉は顔を埋めていく。

「寅ちゃんの鼻息が……んんんっ……」

切なそうな声が、性感の高さを物語っている。膨らみの周辺からペロペロと舐めはじめて、馴染ませるためにキスを重ねていく。太ももがピクピクと、逐一《ちくいち》反応する。

M字に開いたスレンダーな両脚がヒラヒラと宙を舞う。

「あんんっ、寅ちゃん! いいっ……」

グンッと背を反らして、美緒は両手で後頭部をつかんだ。

(クンニリングスもじっくりと……)

唾液をまぶすだけでも、自然と美緒の秘裂は発汗して、甘い匂いが漂いだした。

「ん、あっ、はっ、やあっ……ふううんっ……」

あえいでよがりながら、美緒はコクコクと頷いた。クネクネと臀部を動かす様子から、ファスナーを開けていい、ということらしい。

(美緒さんのアソコを……)

ゴクリと生唾を飲み込んだ。

側位にすると、ムチッと肉感のあるヒップが視界に飛び込んできた。ジッパーを見つけて、ゆっくりと引き下ろす。ジジジ……という音が、いやに卑猥な響きとなって、鼓膜を震わせる。

(美緒さんの淫らな姿を……)

チャックを開けると、ムワッと潮気のある熱が解放された。膣孔がピンポイントで見えた。左右に生地を広げると、全貌《ぜんぼう》は見渡せる。厚い肉ビラが蜜汁にぬめり、モノ欲しそうにうごめいていた。

「ううむ、チュル……レロレロ……」

ディープキスとライトキスを織り交ぜる。

甲高い声を出して、美緒は愛おし気に桃尻を、寅吉の顔に押しつけてきた。

(ちょっと……)

予想外に力が強く、興奮のるつぼに巻き込まれかけた。愛液を啜ると、美緒は下半身を硬直させては痙攣させていた。尖り勃った硬いモノに唇があたったので、寅吉は吸いついてみる。

「あおっ、おおっーーーーん！　あんんっ……」

切羽詰まった嗚咽を発し、美緒のたわわな胸が上下に跳ねる。ゆらゆらと肉房が揺れるたびに、水着から乳首がはみ出しかけた。

（今までで一番感じやすいな……）

ベビーフェイスの可愛らしい容貌《ようぼう》とは似つかわしくないスタイルから、奥行きのある忍耐強いタイプの性癖と思っていた。

「クリトリスいいんっ……あっ、んんあっ……」

高々と浮かした恥骨をおののかせて、美緒は激しい絶頂の痙攣を繰り返した。

（え!?　イッたのか……）

まさか、ここまで早いアクメになるとは、寅吉も想定していない。

無論、美緒に満足している様子は見られなかった。

「ああんっ、寅ちゃん、ごめんなさいね。本当にご無沙汰しているの」

「いえ、あの……大丈夫ですか……」

「ウフフ、丁寧語はやめてって言ったじゃない。寅ちゃんも何度射精してもいいから、もっと積極的にスキンシップしましょう」

これ以上の濃厚な肌の重ね合いを、寅吉は想像できなかった。

（もしかしたら、セックスをねだっているのか……）

クネクネとヒップを揺すっている様子から、肉棒を欲しているようだった。

「入れてもいいかな……」

「はああ……いいわ……楽しみにしていたの……」

美緒は汗ばんだ顔を拭って、眼をキラキラさせていた。

「じゃあ……挿入するね」

牡棒をつかんで、淫穴にあてがった。美緒から入れようとするので、寅吉は制した。

「ちょっと待って……俺の心の準備が……」

美緒はすでに牝女になっている。モノ欲しそうに小鼻を鳴らしていた。フワフワと桃や梨の匂いが漂う。亀頭を媚肉にピタッとつけて、寅吉は一気に押し込む。

ズブ、ズブズブッと肉の擦れ合う水音が響いた。

「はあうっ……んんあっ……あああっ……」

背骨が折れんばかりにのけ反り、美緒の身体はアーチを描いた。これまでで一番狭い膣路に、寅吉のほうが困惑しつつ、圧倒的な締めつけを満喫する。

（うう、なんか……くりぬいているみたいだ……）

鉄杭で桃尻の果肉をえぐりぬいている気分だ。それぐらい美緒の内奥は窮屈だった。ドロッとした愛液がなければ、かなりの苦痛を伴う可能性がある。

「うう、んあ、はっ、はっ、はっ、ううんっ……」

獣じみたあえぎ声を発して、美緒はギリギリと肉棒を締めつけてきた。秘粘膜が包み込む感触より、捩《ね》じ切らんとする力強い膣圧に怒張は感動した。

「うおお、美緒さんのオマ×コはキツキツだな……」

「あんっ、んん、寅ちゃんのオチ×チンが大きすぎるのよぉ……んあ、でも、素敵だわ」

美緒は思いをとげられたせいか、恍惚の表情を浮かべている。

（壊れていないよな……）

馴染ませるように軽く腰を左右へ振った。

「ああんんっ、ビリビリ来ちゃうぅ……」

「生で挿入してしまったし、一度抜こうか？」

汗だくの美緒の身体を眺めて、寅吉は不安になる。

（かなり無理していないだろうか……）

亀頭の刺激は申し分なく、乱れる痴態も非の打ち所がない。問題は、美緒自身の身体がおかしくならないか、という点だった。粒の細かい襞が亀頭から男根までの竿をべったりと舐めまわし、しゃぶりついて、嚙み砕く勢いである。

「ふうっ、大丈夫、はあぁ……んあ、ほら、続けて……」

「はい、じゃあ……」

寅吉はスローテンポでペニスを押し込んでいく。刷毛塗りの汗をきらめかせて、美緒は自ら腰を振り出す。

（くうっ、やはり……美緒さんのオマ×コはすごいな）

複雑で猥褻なうねりが始まると、逆に寅吉のほうが呻きだした。三十路過ぎの膣壺は、巨根に大きさを合わせ、パクリと亀頭冠をとらえる。幾重《いくえ》もの熱が内奥に孕んで、肉棒を搦《から》めとってきた。

「生なんて気にしないで。好きな男性なら、どんなオチ×チンでも素敵だわ……はんんっ、ああっ……んあっ、あうううっ……」

「美緒さん、本当に俺を……」

寅吉は美緒を抱きかかえて、座位の体位になる。

（本当に俺のことを……）

積年の恋慕は、ゆっくり成長していたのだと悟った。何ごともなかったように時間をかけて根を張り、天に向かって茎をのばし、花を咲かせていたのだ。

刹那、彼女の身体にあるモノがないことに気づく。

「寅ちゃん、本当にわたしでいいの……」

儚げに微笑んで、美緒は汗ばんだ眼をそらす。

(指輪がないってことは……)

この前は薬指にはめていたはずのプラチナリングがなくなっている。

夫が亡くなったとは聞いていない。それなら、彼女が自分と添い遂げるとすれば、選択肢はひとつしかなかった。

「はい。俺は美緒さんといっしょに生きていきたいです」

スレンダーな肢体の深奥で、肉幹がググっと胴回りを太くする。

「ウフフフ、嬉しいわ……冗談じゃないのね……」

彼女は頬から涙を流していた。滝のような汗といっしょにダイヤの涙が伝っていた。

愛しさと劣情が、ムクムクと寅吉の中で芽生える。水着の左右から生地を中央へ寄せていく。

「ああん、もう、寅ちゃん……焦らないで。ジックリいきたいわ。フフッ、でも、今回だけはいいわ……あ、う、んんあっ……」

飛び出した爆乳に吸いついて、寅吉は股間をグイグイと突き上げる。美緒もグライ
ンドの動きをやめようとはしない。
互いを求める律動に、無理な力やハイテンポなリズムは、含まれていなかった。
「ああ、美緒さん、美緒さんっ……んんっ、美緒ぉ！」
ゆっくりと、逞しいストロークで、肉槍をしゃくっていく。
美緒は白桃の美乳を揺らめかせて、ギュッと眼を閉じる。
(うおお……ああ、自然に射精してしまう)
相手が人妻であることに変わりはない。だが、もう、ためらいも破滅も恐れる気持
ちもまったくなかった。晴ればれとした歓喜に、怒張は子宮を押し上げていく。
「んんあっ、ああ、寅ちゃんのオチ×チンでイクッ、切ないわぁ……ああん、お願い
ぃ……いっしょに……いっしょにイッて！　んあっっっ……はああんんっっっ！」
「はい、あ、おおう、俺もイクッ……」
互いの手を握り合い、ふたりは同時にアクメに羽ばたいた。激しい絶頂の痙攣を繰
り返して、互いの身体を求め合い、愛撫を続けていた。柔らかくキュウキュウと締め
つける胎内に、熱湯のような精子の嵐を吹き込んでいった。
美緒の熟れた身体は、一度の射精で満たされるはずもなく、当たり前のように二回

戦を求めてきた。

「一回目でたくさん出してしまったわね。もう、出ないかしら？」

「いえ、余裕でいけるよ」

妖艶な熟女の求めに、寅吉は自信たっぷりで頷いた。ソファの上で、野獣となった二人は、汗まみれの肌を重ね合い、積年の恋慕を振り返るよう貪り合っていった。

◉新人作品**大募集**◉

マドンナメイト編集部では、意欲あふれる新人作品を常時募集しております。採用された作品は、本人通知のうえ当文庫より出版されることになります。

【応募要項】未発表作品に限る。四〇〇字詰原稿用紙換算で三〇〇枚以上四〇〇枚以内。必ず梗概をお書き添えのうえ、名前・住所・電話番号を明記してお送り下さい。なお、採否にかかわらず原稿は返却いたしません。また、電話でのお問い合せはご遠慮下さい。

【送付先】〒一〇一－八四〇五　東京都千代田区神田三崎町二－一八－一一　マドンナ社編集部　新人作品募集係

人妻《ひとづま》プール《ぷーる》　濡《ぬ》れた甘熟《かんじゅく》ボディ《ぼでぃ》

二〇二二年九月十日　初版発行

発行◉マドンナ社
発売◉二見書房
東京都千代田区神田三崎町二－一八－一一
電話　〇三－三五一五－二三一一（代表）
郵便振替　〇〇一七〇－四－二六三九

著者◉星凛大翔【せいりん・やまと】

印刷◉株式会社堀内印刷所　製本◉株式会社村上製本所　落丁・乱丁本はお取替えいたします。定価は、カバーに表示してあります。
ISBN978-4-576-22121-2◉Printed in Japan◉©Yamato Seirin 2022